Geheimnis und Vertrauen

Eine Geschichte.

Band 1

Elisabeth Sibthorpe Pinchard

Writat

Diese Ausgabe erschien im Jahr 2024

ISBN:

Herausgegeben von
Writat
E-Mail: info@writat.com

Inhalt

KAPITEL I.

Genau nach Westen, mit Blick auf den Grünraum,
war ein ländlicher Portikus zu sehen,
wo Ellens Hand
Efeu und Idean- Rebe zu verflechten gelehrt hatte;
die Clematis, die begünstigten Blume ,
die sich des Namens „Jungfrauenlaube" rühmt .

Herrin des Sees.

Am Fuße eines der romantischsten Berge in Nordwales, etwa eine Meile von der Küste von Carnarvonshire entfernt , liegt das kleine Dorf Llanwyllan . Dort stand zwischen Bäumen, die aus derselben Zeit wie das Haus zu stammen schienen, ein sehr großes Bauernhaus, das Wohnhaus des Bauern Powis . Seine hohen Schornsteine und sauber weißgetünchten Wände machten es zu einem ansprechenden Objekt für diejenigen, die auf der etwa eine Meile entfernten Hauptstraße reisten, die zur nächsten Marktstadt führte, wenn man das überhaupt eine Hauptstraße nennen konnte, die lediglich dazu diente, den Frauen der benachbarten Bauern zum Markt und zurück die Fahrt zu erleichtern , oder dem Vikar, der die Kirchen in der unmittelbaren Umgebung betreute. Die Hand des einheimischen Geschmacks hatte ein paar Zweige von den riesigen Bäumen entfernt, die dieses ländliche Haus beschatteten, und bot so den Bewohnern einen Blick auf die Straße, den Turm der Dorfkirche und zwei oder drei natürliche Wasserläufe, die von den angrenzenden Hügeln herabstürzten und die Schönheit der Szenerie noch erhöhten. In dieser Behausung traf ein Reisender am Abend eines sehr heißen Tages im Sommer 18— ein. Der Staub, der seine Schuhe bedeckte und die Farbe seines Mantels fast verbarg, wies ihn als Fußgänger aus und gehörte daher wahrscheinlich zu niederem Stand. Doch konnte man unter dem Schatten, den die Müdigkeit über sein Gesicht geworfen hatte, ein schönes und interessantes Gesicht erkennen. Und als Powis an der Tür des Bauernhauses saß und den gemischten Rauch seiner Abendpfeife und den Duft eines schönen Geißblattes, das sich um die Veranda wand, einatmete und nach dem nächsten Weg nach—— fragte, hätten der Klang seiner Stimme und die Feinheit seines Akzents einem geübten Ohr einen Mann zu erkennen gegeben, der mit den höheren Schichten der Gesellschaft verkehrt hatte. Powis jedoch vermittelten sie keine andere Vorstellung, als dass der Reisende müde war und höflich sprach. und jeder hätte von ihm Höflichkeit, ja Freundlichkeit als Gegenleistung verlangt: er erhob sich daher von seinem Sitz, schob seinen kleinen Tisch beiseite, machte dem Fremden Platz und bat ihn, Platz zu nehmen. Der Fremde kam der Bitte dankbar nach, nahm seinen Hut ab, wischte sich den Staub aus dem Gesicht und zeigte eine schöne Stirn und Augen, deren strahlende Strahlen eher durch Kummer als durch die Zeit getrübt schienen, obwohl er etwa fünfunddreißig zu sein schien . Während der Bauer ins Haus ging, um eine Erfrischung für seinen müden Gast zu bestellen, wandte der Fremde seine Augen und sah überrascht, dass alles an ihm die Zeichen des Geschmacks trug; des Geschmacks zwar nicht sehr raffiniert, aber einfach, natürlich und zart: Jeder Baum rund um den Platz, auf dem er saß, war mit Geißblatt, Clematis und wildem Hopfen verschlungen; und die langen Triebe aller waren von Baum zu Baum getragen und bildeten Girlanden von exquisiter Anmut und Schönheit. Am Fuße jedes Baumes war ein Platz freigemacht und mit duftenden Pflanzen gefüllt worden, deren Anbau wenig Mühe erfordert. Mignionette , Rosen, Nelken und Nelken erfüllten die Luft mit ihrem Duft, während die zu starke Seringa nur in beträchtlicher Entfernung aufsteigen durfte, von wo ihr Duft gelegentlich von der Abendbrise herüberwehte und (wenn man diesen Ausdruck erlauben darf) gut mit den sanfteren Düften in der unmittelbaren Umgebung der Wohnung harmonierte. Eine Vielzahl von Vögeln im angrenzenden Obstgarten und auf den Feldern ließ noch immer ihre gemischten Lieder erklingen, die, als die Sonne allmählich unterging, sanfter wurden und bald alles zur Ruhe kam. In der Zwischenzeit war der Tisch mit einem hübschen Tuch, kaltem Fleisch, Schwarzbrot, etwas frisch gepflücktem Obst, Sahne, Bier und hausgemachtem Wein gedeckt; jeder in seiner Art ausgezeichnet.

Der Bauer hatte seinen Gast nicht gebeten, „ *eine Erfrischung zu sich zu nehmen* ", da ihm dieser Ausdruck wahrscheinlich unbekannt war. Doch als er sah, dass er müde war, kam er in aufrichtiger Gastfreundschaft zu dem Schluss, dass es akzeptabel wäre, und drängte ihn, von dem zu nehmen, was ihnen vorgesetzt wurde. Dann rief er das Dienstmädchen, das den Tisch gedeckt hatte, und sagte etwas zu ihr auf Walisisch, was sie in derselben Sprache beantwortete. "Das ist ein Pech", sagte Powis . "Meine Tochter, Sir, ist gerade abwesend. Sie ist zum Pfarrer gegangen, dem einzigen Haus in der Nachbarschaft , das sie gern besucht. Sie hat sogar Grund, es zu mögen, denn Mrs. Ross hat Ellen das Nähen und Lesen beigebracht und ihr beigebracht, eine passable Hausfrau zu sein, seit meine arme Frau starb, was geschah, als Ellen noch ein kleines Kind war. Sie betrachtet Mrs. Ross als ihre Mutter und Joanna Ross, die fast so alt ist wie sie, als ihre Schwester. Sie sind gute Gefährtinnen füreinander und beide gute Mädchen, das versichere ich Ihnen. Wir werden jedoch nicht warten, denn vielleicht ist Ellen in dieser halben Stunde oder länger nicht zu Hause." "Ich fürchte", sagte der Fremde, "ich habe Sie dazu gebracht, Ihr Essen zu beschleunigen, und vielleicht --" "Überhaupt nicht, überhaupt nicht", unterbrach Powis . "Ellen kann jederzeit ihr Obst und ihre Milch essen oder vielleicht am Abendessen unseres guten

Pfarrers teilnehmen. Kümmern Sie sich nicht um sie." „Sie sind wirklich sehr freundlich, aber ich fürchte, es wird spät. Wie weit muss ich noch laufen bis zu dem kleinen Gasthof, wo ich Ihrer Meinung nach ein Bett bekommen könnte?" „Ungefähr eine halbe Meile, aber der Mond geht auf, und einer meiner Jungs wird Ihnen den Weg zeigen. Sie können sich eines Bettes sicher sein, sie haben zwei übrig, beide sauber und anständig, wenn auch schlicht und heimelig, und wir haben nur wenige Reisende in dieser Gegend."

Es wurde noch ein wenig geplaudert, und dann stand der Fremde auf, um zu gehen, nachdem er so viel gegessen hatte, wie er wollte, und einer eindringlichen Aufforderung, noch viel mehr zu essen, widerstand. Der Junge wurde aufgerufen und erhielt auf Walisisch den Auftrag, den Fremden auf das Zeichen des Prinzen von Wales hin den besten Diensten des Nachbarn Jones zu empfehlen. Nachdem dem Reisenden dies auf Englisch erklärt worden war , verabschiedete er sich.

Im Laufe des Gesprächs erzählte der Fremde Powis , dass er nur zum Vergnügen reise und das Gehen jedem anderen Fortbewegungsmittel vorziehe, da er so die romantische Landschaft in Wales besser erkunden könne. Der Bauer nahm jedoch an, dass dies die Sprache eines Mannes sei, der, obwohl er arm war, nicht als arm gelten wollte. Er sagte, was er von der Gegend um Llanwyllan gesehen hatte, habe ihm so gefallen, dass er beabsichtige, ein paar Tage dort zu bleiben, wenn er im Gasthof eine passable Unterkunft fände; und Powis lud ihn dringend ein, sich, wann immer es ihm beliebt, in seinem Haus auszuruhen und sein Mittag- oder Abendessen einzunehmen; denn an diesem abgelegenen Ort, wo Betrug und Schwindel fast unbekannt waren, war Misstrauen ebenso fremd wie ein Hindernis für die offene Gastfreundschaft, die ein Mensch dem anderen selbstverständlicherweise entgegenbringen sollte. Der Fremde sagte, er habe seinen Koffer in Carnarvon gelassen und würde am nächsten Tag jemanden schicken, um ihn abzuholen, wenn er beschließe, im Dorf zu bleiben. Powis erwähnte mehrere Gesichtspunkte , die er für gut hielt, obwohl er vorgab, von der Angelegenheit nicht viel zu verstehen.

Als der Fremde mit seinem kleinen walisischen Führer durch die Bäume ging, die um das Haus herum wuchsen, gerade dort, wo der Schatten am tiefsten war, hörte er das Flattern der weißen oder hellen Gewänder zweier Mädchen und hörte jugendliche Stimmen, die plauderten und lachten; doch nicht grob oder vulgär, sondern mit angeborener Fröhlichkeit und Herzensfröhlichkeit. Er konnte gerade erkennen, dass eine der Frauen größer war als die andere , und hörte eine sanfte, harmonische Stimme, die in gutem Englisch und mit sehr wenig walisischem Akzent sprach: „Gute Nacht, liebe Joanna; komm morgen und bleib den ganzen Tag bei mir; gute Nacht; liebe Grüße an Charles." Die andere antwortete ein paar Schritte entfernt: „Ach, armer

Charles! Wie verärgert wird er sein, dass er so lange geblieben ist; also, gute Nacht, Ellen."

„Das hier, nehme ich an", dachte der Fremde, „sind Powis' Tochter und ihre Freundin Joanna Ross. Ich bin froh, dass ich sie verpasst habe. Ich hasse Mädchen vom Land. Charles ist, so nehme ich an, der Liebhaber einer von ihnen. Glückliche Geschöpfe, die sich Glück in der Liebe einbilden und ich weiß nicht, was von Beständigkeit und Glückseligkeit träumen können! – Falschheit, Eifersucht, Rache! – schreckliche, schreckliche Worte! Für sie sind sie unbekannt: aber was habe ich mit Gedanken wie diesen zu tun? Warum geistern selbst in der Stille dieses ruhigen Rückzugsortes solche schockierenden Bilder durch meinen Kopf?" Er eilte weiter, als hätte die Müdigkeit keine Macht mehr über ihn, so dass sein junger Führer kaum mit ihm Schritt halten konnte, bis er das Dorfgasthaus erreichte, wo, wie Powis gesagt hatte, bald ein sauberes, wenn auch einfaches Bett für ihn vorbereitet wurde.

KAPITEL II.

Ihre Gestalt war frischer als die Morgenrose ,
wenn der Tau ihre Blätter benetzt, unbefleckt und rein
wie die Lilie oder der Bergschnee.
Die bescheidenen Tugenden vermischten sich in ihren Augen.

THOMSON.

Am Abend des nächsten Tages, nachdem er im Laufe des Tages seinen Koffer von Carnarvon erhalten hatte, begann unser Reisender , dessen Name er seinem Vermieter zu verstehen gab, Mordaunt war , langsam einen romantischen Berg zu erklimmen, wobei er in Abständen anhielt, um die Schönheit der umgebenden Aussicht zu bewundern, und gelegentlich von den Bergpflanzen solche Exemplare auswählte, die er noch nicht gesehen hatte; denn unser Reisender war ein ausgezeichneter Botaniker, hatte ein gewisses Wissen über Mineralogie und einen echten Sinn für die Reize der Natur. In welchen weiteren Wissenschaften er unterrichtet wurde und wie er zu Kenntnissen kam, die so weit über sein gegenwärtiges Fachgebiet hinausgingen, werden wir im weiteren Verlauf erfahren.

Mordaunt war mehr als eine Stunde umhergewandert, als er zu den Überresten einer alten Burg kam. Sie war eine völlige Ruine und bot keinen Schutz und kaum einen Ruheplatz. Er setzte sich jedoch auf einen großen Stein, der von einer der zerbröckelnden Säulen gefallen war, und genoss die Schönheit der weiten Aussicht vor ihm, der nur Mrs. Radcliffes Beschreibungsgabe gerecht werden konnte. Hier blieb er und segelte in Abständen in der Ferne, denn das nicht weit entfernte Meer bildete einen herrlichen Punkt in der Aussicht, bis sich die Schatten des Abends ziemlich plötzlich über ihn zu legen schienen. Überrascht von der Dunkelheit drehte er sich um und bemerkte, dass die Spitze des Berges hinter ihm mit schweren Wolken bedeckt war, die bald dichter wurden und in großen Regentropfen um ihn herum niederfielen, vermischt mit leisem Donnergrollen und entferntem Blitzen. Das Meer nahm ein noch furchterregenderes Aussehen an und das Schlagen der Wellen gegen das Ufer war deutlicher zu hören. Kurz gesagt, alles schien einen gewaltigen Sturm anzukündigen.

Die düsteren Wälder
schrecken vor dem Blitz auf, und aus ihrer tiefen Nische flammen
ihre zitternden Bewohner hervor!
Inmitten der Berge von Carnarvon tobt laut
das nachhallende Brüllen; mit mächtigem Gebrüll

dringt es in die blitzende Tiefe der rauen Felsen
von Penmanmawr Die zerschmetterten Klippen türmen sich scheußlich
zum Himmel auf
, und Snowdens Gipfel
löst sich augenblicklich auf und gibt seine winterliche Last frei.

THOMSON.

Mordaunt jedoch war nicht entsetzt und erfreut, die Gelegenheit zu haben,
die Wirkung eines Gewitters in einer so hochgelegenen Gegend zu
beobachten. Doch im nächsten Augenblick folgte ein greller Blitz, dem
sofort ein gewaltiger Donnerschlag folgte, gefolgt von einem
durchdringenden Schrei. Zwei Mädchen , die den Berg hinabstiegen, rannten
mit äußerster Geschwindigkeit an ihm vorbei. Der Regen, der jetzt in
Strömen fiel, hatte ihre dünnen Kleidungsstücke bereits durchnässt, und da
der Abstieg jetzt extrem glitschig geworden war, wäre eine von ihnen in dem
Moment, als sie an ihm vorbeikam, fast zu Boden gefallen. Die
Menschlichkeit veranlasste Mordaunt , ihnen zu folgen und sie zu bitten,
nicht erschrecken und sich von ihm helfen zu lassen. Sein Erscheinen, so
völlig unerwartet (denn der Schatten der Ruine, unter der er stand, und die
tiefe Düsternis der Atmosphäre hatten verhindert, dass sie ihn sahen), schien
sie fast ebenso sehr zu erschrecken wie der Sturm, von dem eines der halb
atemlosen Mädchen sagte, er habe sie noch höher auf dem Berg überrascht ,
als er gewesen war. Der Donner war jedoch jetzt weiter entfernt; und eine
leichte Brise, die vom Land heraufkam, trug die Wolken zum Meer. Dennoch
war der Abstieg gefährlich, weil er so rutschig war. Mordaunt bat die jungen
Frauen, seine Hilfe anzunehmen. Er vermutete sofort, dass es Joanna Ross
und Ellen Powis waren . Und in dem Moment, als die sanfte Stimme der
letzteren an sein Ohr drang, erkannte er die Sprecherin, die er am Abend
zuvor hatte sagen hören: „Gute Nacht, liebe Joanna." Ihre Stimme war in
der Tat so außergewöhnlich süß, dass man sie, wenn man sie einmal gehört
hatte, nie vergessen konnte. Und Mordaunt drehte sich um, während sie
sprach, und erblickte ein Gesicht und eine Gestalt, die, einmal gesehen,
ebenso für immer in Erinnerung bleiben mussten.

Und nie zeichnete der griechische Meißel
eine Nymphe, eine Naïade oder eine Grazie mit
schönerer Gestalt oder schönerem Gesicht.
Was, wenn die Sonne mit glühendem Stirnrunzeln ihre Wange
leicht braun
gefärbt hätte; Was, wenn keine Regel höfischer Anmut
ihre Stimmung
gemessen hätte ? Einen Fuß leichter, einen Schritt treuer ,

nie von der Heideblüte Der Tau sprühte :
Sogar das kleine Glockenblatt hob sein Haupt,
elastisch von seinem luftigen Schritt.
Was, wenn in ihrer Sprache
ein paar Akzente der Bergsprache hingen ;
diese silbernen Klänge, so sanft, so lieblich, dass
der Zuhörer den Atem anhielt, um sie zu hören.

SCOTTS „DIE DAME VOM SEE"

Der Schrecken hatte ihrem bezaubernden Gesicht tatsächlich einige seiner
Anmut genommen; aber ein helles Erröten, das ihr in die Wangen schoss, als
sie den Blick des Reisenden auffing , gab ihm seinen natürlichen Glanz
zurück . Oh! Was für ein Gesicht! – so schön – so strahlend – so makellos!
– Augen so voller Seele! – ein Lächeln von solch unnachahmlicher Schönheit!
Jedes Merkmal drückte eine angeborene Zartheit der Gefühle aus, unbefleckt
von der Welt, ungerührt von Leidenschaft, und gab doch die Gewissheit,
dass sein Besitzer ein Herz von so feiner Gestalt besaß, wie man es selten
findet, weder bei Hofe noch in der Hütte. Und als sie mit süßem Vertrauen,
das, da sie nichts Böses im Sinn hatte und nichts fürchtete, Mordaunts
angebotenen Arm annahm, empfand er ein Maß an Freude, das ihm lange
fremd gewesen war: Er bemerkte kaum, dass Joanna den anderen Arm
genommen hatte: doch Joanna war kein schlichtes Mädchen; aber wer konnte
sie ansehen, wenn Ellen anwesend war? Als sie den Berg hinabstiegen,
nachdem sich der Sturm inzwischen gelegt hatte, lachten die Mädchen über
ihre eitlen Ängste und machten sich über jene lustig, die Mordaunt geäußert
hatte, damit sie sich nicht an ihren nassen Kleidern erkälten, und meinten,
sie seien es so gewohnt, sich bei jedem Wetter zu bewegen, dass sie bei einem
plötzlichen Regenschauer kaum verletzt würden: „Obwohl ich zugeben
muss", sagte Joanna lächelnd, „dass wir Gewitter nicht besonders mögen."
Alles , was einer sagte, wurde im Plural ausgedrückt, und „ *Wir* " war immer
die Bezeichnung, wer auch immer sprach. Mordaunt bewunderte den
gesunden Menschenverstand und die Schicklichkeit, mit denen jeder begabt
zu sein schien; aber an Ellen erkannte er eine Eleganz des Ausdrucks, eine
Überlegenheit des Geistes, die ihn bei einem so jungen Mädchen, das so
wenig Gelegenheit zur Entwicklung gehabt haben konnte, völlig überraschte.
Dieses reizende Geschöpf schien kaum siebzehn zu sein, und als er mit ihr
über verschiedene Themen sprach, fand er heraus, dass, obwohl Mr. Ross'
Bibliothek sie mit den Werken von Addison, Pope und einigen anderen
unserer besten englischen Autoren ausgestattet hatte, ihre Errungenschaften
im Allgemeinen nicht über einen Hauch englischer Literatur hinausgegangen
waren; dass sie ziemlich gut in englischer Geschichte unterrichtet war, kaum
etwas von Geographie wusste und weder ein Instrument spielen noch

zeichnen konnte; Damit war sie den Heldinnen mancher moderner Romane, die all diese Dinge durch Intuition lernen, sicherlich weit unterlegen. Ihre Stimme war jedoch beim Singen ebenso harmonisch wie beim Sprechen, und sie konnte viele der einfachen walisischen Melodien mit natürlichem Geschmack und auf sehr angenehme Weise singen. Mordaunt begleitete die Mädchen zur Llanwyllan Farm, wo er sofort von Powis erkannt wurde . Als dieser von seiner Tochter hörte, welche Aufmerksamkeit er ihr und Joanna entgegengebracht hatte, bedankte er sich herzlich und bestand darauf, dass der Reisende an ihrem Abendessen teilnahm. Mordaunt konnte nicht ablehnen, und so wurde das Abendessen nicht wie üblich auf der Veranda serviert, da der letzte Sturm eine feuchte Luft hinterlassen hatte, sondern in einer großen Halle, da das Bauernhaus früher ein prächtiges Herrenhaus gewesen war.

Joanna und Ellen gesellten sich bald zu ihnen, nachdem sie hastig ihre nassen Kleider gewechselt hatten. Und diese kleine Gesellschaft setzte sich zufrieden und ohne die kalte Förmlichkeit, die Fremde so oft empfinden, zum Abendessen. Auf der einen Seite herrschte vertrauensvolle Gastfreundschaft, und auf der anderen Seite etwas, das zumindest sehr nach guter Erziehung klang, was sie alle untereinander und untereinander unbeschwert und angenehm machte.

Mordaunt für angebracht, seinen Namen zu erwähnen und in gewissem Maße seine Lebenssituation zu erklären, obwohl keine unpassende Neugier nach einer Erklärung verlangte . Er sei, sagte er, beim Earl of St. Aubyn erzogen worden , der sein entfernter Verwandter war und ihn vor einigen Jahren zu seinem Verwalter seines Anwesens in Northamptonshire ernannt hatte , wo er ein komfortables Haus hatte, nicht weit von St. Aubyn Castle, der noblen Residenz des Earls selbst, der einige Zeit auf dem Kontinent verbracht hatte; er selbst habe einige häusliche Ärgernisse erlebt, die seiner Gesundheit geschadet hätten, und der Earl habe ihm erlaubt, einen Stellvertreter zu ernennen und nach Wales zu reisen, wie er es im Sommer zuvor in den schottischen Highlands getan hatte; wovon er eine sehr lebhafte Beschreibung gab. Sein Gönner, fügte er hinzu, habe auch ein schönes Anwesen an der Grenze von Westmoreland mit einem sehr noblen alten Sitz namens Abbey, der, obwohl sehr alt , immer noch seine frühere Pracht bewahrt habe. Mordaunts Manieren waren so angenehm, seine Stimme so eindrucksvoll und sein Gesicht so fein, dass die kleine Gruppe, die zu seinen Zuhörern gehörte, mit fast atemloser Bewunderung an seinen Worten hing. – Die Augenblicke vergingen wie im Flug, und sie waren überrascht, als die Hallenuhr elf schlug, eine unter den nüchternen Einwohnern von Llanwyllan unerhörte Uhrzeit . „Gott segne mich“, sagte Powis , „es ist schon elf Uhr: Ich bin seit zehn Jahren nicht mehr so lange aufgeblieben!“ „Lieber Vater!“, sagte Ellen mit tadelndem Tonfall und blickte zu Mordaunt , der hastig von seinem Stuhl aufstand. „Entschuldigen Sie meine Unhöflichkeit, Sir“, sagte Powis , „ich wollte Sie nicht unhöflich hinausschicken, aber ich fürchte, Nachbar Jones könnte zu Bett gegangen sein.“ Mordaunt lächelte und sagte, er solle sich dafür entschuldigen, dass er sie aufgehalten habe. Dann streckte er seine Hand aus, schüttelte die raue des Bauern mit großer Freundlichkeit und sagte: „Wenn ich Sie nicht wiedersehen sollte –“ „Uns nicht wiedersehen!“ unterbrach Powis : „Na, um sicherzugehen, dass Sie nicht weggehen! Herrgott noch mal – ich dachte, Sie würden wenigstens ein oder zwei Tage bleiben; was mich betrifft, wenn Sie das nicht tun, wünschte ich, Sie wären überhaupt nie gekommen; denn ich habe in meinem ganzen Leben noch nie einen Mann gesehen, den ich so gern mochte.“ „Auf mein Wort, Sir“, sagte Joanna, „Sie haben noch nicht einmal die Hälfte der Schönheiten von Llanwyllan gesehen ; oder, Ellen?“ „Nein, wirklich nicht“, antwortete Ellen. „Ich versichere Ihnen, Mr. Mordaunt , es gibt viele Reize –“ „Ich weiß es, ich fühle es!“ unterbrach Mordaunt : „Es gibt jeden Reiz, den die schönste Natur, die freundlichste Gastfreundschaft verleihen kann! Aber im Dorf zu bleiben, ohne die Farm von Llanwyllan zu besuchen, wäre unmöglich, und, so merkwürdig ich auch bin, wäre das nicht aufdringlich?“ „Überhaupt nicht“, sagte Powis ; „wir würden uns freuen, Sie unter uns zu haben; die Mädchen werden Ihnen die schönen Aussichten zeigen, wie sie sie nennen, und ich werde stolz sein, Sie an meinem Tisch zu sehen, wenn es Ihnen nicht zu offensichtlich ist, und zwar jederzeit.“ „Sie sind zu gut! Aber werden Miss Ross, wird Miss Powis ihren Teil der Vereinbarung annehmen? Gibt es keine angenehmen Verpflichtungen mehr, keine liebenswürdigen Freunde mehr, die ihre Aufmerksamkeit beanspruchen?“ Er nahm eine Hand von jedem, heftete aber seine durchdringenden Augen auf Ellen: sie errötete, aber die leichteste Erregung ließ Ellen erröten, so dass Mordaunt , obwohl er „ *Charles* *im Kopf* hatte , als er sprach, nichts aus ihrem Erröten schließen konnte; und ihre Augen begegneten den seinen mit einem Blick von vertrauensvoller Süße, der aus einem Herzen zu sprechen schien, das sich keiner geheimen Gefühle bewusst war. Joanna antwortete: „Wenn wir Ihnen sagen würden, Mr. Mordaunt , wir hätten nichts zu tun, außer herumzulaufen, würden Sie denken, wir wären sehr faule Mädchen oder würden etwas Unwahres sagen. Wir sind den ganzen Tag sehr beschäftigt, bis wir fünf Uhr abends Tee trinken, entweder hier oder bei meinem Vater, der sich freuen wird, Sie zu sehen. Danach gehen wir, wenn das Wetter schön ist, spazieren. Wenn nicht, vergnügen wir uns drinnen bis zehn Uhr, wenn wir zu Bett gehen, damit wir am nächsten Morgen um fünf aufstehen können. Von fünf Uhr abends bis zehn sind wir froh über Ihre Gesellschaft.“

Aufgrund dieser freimütigen Aussage und des heimlichen Verlangens, mehr von Llanwyllan und seinen kunstlosen Einwohnern zu sehen, beschloss Mordaunt , ein paar Tage dort zu verbringen. Am nächsten Tag ging er, nachdem er an ihrem frühen Teetisch teilgenommen hatte, zwei oder drei

Stunden mit Ellen und Joanna spazieren. Er war gleichermaßen entzückt von Powis' freundlicher Gastfreundschaft und dem arglosen Vertrauen der beiden unschuldigen Mädchen, die, so seltsam er auch war, nichts Außergewöhnliches oder Unangemessenes darin sahen, ihm ein Maß an freundschaftlicher Vertrautheit zu gewähren, das er in einer bekannteren Situation nach einigen Wochen der Bekanntschaft kaum erreicht hätte, selbst mit Hilfe einer angemessenen Einführung. Noch mehr entzückte ihn ihre liebevolle Art zueinander und die Schönheit von Ellen sowie ihre ungekünstelte Einfachheit, verbunden mit einem außergewöhnlichen Maß an gesundem Menschenverstand und Wissen, das über ihre offensichtlichen Möglichkeiten hinausging. Als sie sich am Abend trennten, sagte Joanna: „Weißt du, Ellen, morgen wird Charles zu Hause bleiben; und da er am nächsten Tag ganz wegfährt, sollten wir meiner Meinung nach für morgen keine Verabredungen treffen." "Sehr richtig", sagte Ellen leise, und ein leichter Schatten legte sich über ihre ausdrucksstarken Züge ; aber ob es aus Bedauern darüber entstand, die Gesellschaft ihrer neuen Freundin aufgeben zu müssen, deren lebhafte und vernünftige Unterhaltung ihr sehr zu gefallen schien, oder aus Sorge um Charles' bevorstehende Abwesenheit, konnte unser Reisender nicht beurteilen. Er hatte im Laufe des Gesprächs herausgefunden, dass Charles Joannas Bruder war und jetzt für ein oder zwei Tage abwesend war, um sich darauf vorzubereiten, für einige Zeit sein Zuhause zu verlassen, da er bei der Marine war: Er wollte so schnell wie möglich noch ein paar weitere Einzelheiten über ihn erfahren; und er verabschiedete sich von seinen neuen Freunden, nachdem er vereinbart hatte, den übernächsten Abend bei Mr. Ross zu verbringen.

Der Wirt des Prince of Wales verstand und sprach Englisch; aber es hatte so viel walisischen Akzent, dass Mordaunt nur mit Mühe verstand, was er meinte. Seine Neugier, mehr über Charles Ross zu erfahren, veranlasste ihn jedoch, noch einmal ein Gespräch mit „ Nachbar Jones" zu versuchen, wie Powis ihn nannte, obwohl Mordaunts Geduld, die keineswegs unerschöpflich war, und sein durch das lange Zusammenleben mit Leuten von Mode und Bildung in seinen frühen Tagen verfeinertes Gehör im Allgemeinen durch die Dialekte der Provinz auf eine harte Probe gestellt wurden, und er vermied so weit wie möglich jede Unterhaltung mit Leuten, die das sprachen, was er einen barbarischen Jargon nannte: denn Humor jeglicher Art oder seltsame Charaktere, ob angeboren oder anerzogen, hatte er nicht; Gefühl, Eleganz und Verfeinerung der Sprache und Manieren waren für ihn unabdingbare Voraussetzungen für diese, und vor allem verabscheute er jene Mischung aus Vertraulichkeit und Unterwürfigkeit, die der Wirt eines Landgasthofs jemandem gegenüber zeigt, den er, obwohl sein Gast, für ebenbürtig hält; doch in Mordaunts Kopf herrschte ein vorherrschendes Gefühl , das ihn zwang, auf all diese Nettigkeiten zu verzichten und sogar bei einem Mann nachzufragen, dessen Sprache und Umgangsformen ihm gleichermaßen zuwider waren. Von Jones erfuhr er dann, dass Charles der Sohn von Mr. Ross war, und dass er ein junger Mann von etwa zwanzig Jahren war, ziemlich gutaussehend, ein Fähnrich bei der Marine, und dass er sofort auf sein Schiff gehen würde. Jones gab zu, dass die allgemeine Meinung war, dass Ellen Powis das Objekt von Charles' Zuneigung war, und dass alle ihre Freunde wünschten, es könnte eine Verbindung werden, aber Winifred Powis' alter Diener erklärte, Miss Ellen betrachte ihn nur als Bruder, und sie sei sicher, dass sie nicht daran dachte, seine Frau zu werden. Mordaunt erinnerte sich an das Erröten, den leichten Anflug von Ernsthaftigkeit oder Ärger, der über Ellens hübsches Gesicht gehuscht war; doch dies waren vielleicht keine Anzeichen von mehr als schwesterlicher Zuneigung, und etwas flüsterte Mordaunt den Wunsch zu , dass Ellens Liebe zu Charles aufhören möge.

Obwohl Mordaunt sich nicht in eine Gesellschaft einmischen konnte, von der Joanna ihn fast ausdrücklich ausgeschlossen hatte , gelang es ihm doch, als er am nächsten Abend von seinem Spaziergang zurückkam, am Pfarrhaus vorbeizukommen und einen Blick auf Ellen und Joanna zu erhaschen, die mit einem jungen Mann im Garten spazieren gingen. Er verneigte sich vor ihnen und sah, dass ihr Begleiter, von dem er natürlich annahm, dass es Charles war, einige hastig Schritte von dem Weg abwich, auf dem er ging, um ihn näher zu sehen; und Mordaunt bildete sich aufgrund der Ernsthaftigkeit seiner Gesten und einer gewissen Ungeduld in seiner Miene ein, als er zu seiner Schwester und ihrer Freundin zurückkehrte, dass er von ihm sprach und zwar mit Missfallen: vielleicht war er eifersüchtig auf seine Aufmerksamkeiten gegenüber Ellen. – „Gut, sei es so", sagte Mordaunt ; "Ich werde bald herausfinden, ob er Einfluss auf ihren Geist hat; und wenn ich merke, dass sie meine Abwesenheit wünscht, werde ich Llanwyllan sofort verlassen . Um nichts in der Welt würde ich dieses liebliche Geschöpf unglücklich machen ; ganz im Gegenteil. Wenn es zu einer Verlobung zwischen ihr und diesem glücklichen Charles kommt, werde ich alles tun, was ich kann, um seine Interessen zu fördern; wenn ich andererseits feststelle, dass sie ihn morgen nur als Freund betrauert, werde ich noch eine Weile hier verweilen und, wenn möglich, in dieser süßen Abgeschiedenheit und ihrer bezaubernden Gesellschaft die *ganze Vergangenheit vergessen* ! Oh, könnte ich genauso leicht alles vergessen, was die Zukunft bedroht! Glücklich, höchst glücklich könnte ich hier für immer bleiben ! Das kann , ach! nicht sein! Edmund, grausamer, rachsüchtiger Edmund! – Ach! Diese dunklen Augen verfolgen mich überall hin : In der Dunkelheit der Nacht stehen sie vor mir und fordern Rache – Rache für ihr Blut! Sie sprechen Bände von Hass – von Rache! Was für ein Schicksal erwartet mich! Bald, zu bald müssen wir uns wiedersehen!" So murmelte Mordaunt in einem jener Monologe, an die er gewöhnt war ; und sein Tempo, mal schnell, mal langsam, verriet die Erregung seines Geistes. Endlich kam er in Sichtweite von Llanwyllan Farm;

und als er sich an das kleine grüne Tor lehnte, das zum Haus führte, drang der gemischte Duft jener süßen Pflanzen, die, wie er jetzt wusste, Ellens Sorge waren, in seine Sinne: Ihr liebliches Bild tauchte erneut in seiner Vorstellung auf, und der ferne Wasserfall und der aufgehende Mond schienen sich mit diesem bezaubernden Duft zu vereinen, um seine Qualen in den Schlaf zu wiegen. Während er noch zögerte, sah er durch die Bäume Ellen, Joanna und Charles näher kommen; und Mordaunt zog sich hastig zurück, mit Gefühlen, die Empörung und Neid nicht unähnlich waren.

KAPITEL III.

Wenn er spricht , ist
die Luft still, ein gecharterter Libertin,
und das stumme Staunen lauert in den Ohren der Menschen ,
um seine süßen und honigsüßen Sätze zu stehlen!

HEINRICH V.

Mordaunt am folgenden Abend im Pfarrhaus ankam, wurde er im kleinen Garten davor von Joanna und Ellen empfangen . Er ließ seinen Blick über die Gesichter der beiden schweifen und fand Joannas Gesicht, das er bisher voller lächelnder Lebhaftigkeit gesehen hatte, von Düsterkeit überzogen: Ihre Augen waren übermäßig rot, und als er mit ihr sprach, füllten sie sich mit Tränen. Auch Ellen sah aus, als hätte sie geweint, aber als Mordaunt sich näherte, strahlte ein strahlendes Lächeln über ihr Gesicht, und ein sanftes Erröten gab ihm seine Lebendigkeit zurück.

Als Mordaunt Joanna fragend ansah (und dabei so gut es ging die Freude verbarg, die Ellens Erröten und Lächeln ihm bereitet hatten), drehte sie den Kopf zur Seite und Tränen rannen ihr über die Wangen: „Sehen Sie sie nicht an, sprechen Sie nicht mit ihr, Mr. Mordaunt ", sagte Ellen leise und zog ihn ein wenig zur Seite: „Ihr Bruder ist heute Morgen von zu Hause weggegangen und Joanna hat den ganzen Tag geweint." Ihre Stimme zitterte und eine Träne trat ihr ins Auge. Mordaunt schlang sanft ihren Arm um seinen; und als Joanna einen anderen Weg einschlug, um ihre Qual zu verbergen, sagte er: „Und auch Sie, Ellen, haben geweint." Er hatte sie nie zuvor Ellen genannt und schämte sich ein wenig, es jetzt getan zu haben, so viel Respekt hatte ihre angeborene Bescheidenheit ihm eingeflößt; aber sie, die immer daran gewöhnt war, Ellen genannt zu werden, und sich auch nicht einbildete, einen höheren Titel zu beanspruchen, sah darin nichts Außergewöhnliches und antwortete auf die ungekünstelteste Art, aber mit einer gewissen Zärtlichkeit in Stimme und Tonfall: „Es ist sehr wahr, ich empfinde für Charles auch die Zuneigung einer Schwester." „Ist er also *sehr* liebenswürdig, dieser glückliche Charles?" fragte Mordaunt . „Er ist sehr liebenswürdig, das heißt, sehr *gut* , sehr *vernünftig* ", sagte Ellen: „Aber warum nennst du ihn glücklich?" – „Kann er etwas anderes als glücklich sein, reich an der Zuneigung *zweier* so bezaubernder *Schwestern* ?" „Sie sind sehr zuvorkommend, aber gerade jetzt ist Charles nicht sehr glücklich; er ist sehr betrübt, seinen Vater, seine Mutter und Joanna und – und – mich zu verlassen." Ellen zögerte ein wenig. „Aber in dem Beruf, den er gewählt hat", sagte Mordaunt , „muss er damit rechnen, häufig von denen, die er liebt, abwesend zu sein; und ein Seemann im Allgemeinen pfeift die Sorgen schnell weg, auch wenn er im Moment stark fühlt." "Sehr richtig", antwortete Ellen; "und ich habe noch nie erlebt, dass Charles seinen Gefühlen so nachgegeben hat wie heute und gestern, und das ist es tatsächlich, was Joanna so überwältigt hat: Er hat sich seltsame Vorstellungen in den Kopf gesetzt, entweder dass er nie wiederkommen wird, oder dass *wir*, ich meine *ich*, ihn vergessen haben werden, wenn er es tut." "Aber warum bildet er sich das *gerade jetzt ein*?", sagte Mordaunt und richtete seine funkelnden Augen auf sie. "Oh, ich kann Ihnen nicht die Hälfte der seltsamen Dinge sagen", antwortete Ellen und errötete hochrot, "aber wir sehen hier so wenige Fremde, dass ich glaube, dass Charles annimmt – ich meine, er denkt, wir seien plötzlich sehr vertraut mit *Ihnen geworden*, und wir haben so viel über Bücher und Themen gesprochen, die über das hinausgehen, was wir normalerweise hören, dass Charles, der ein wenig rau ist und nicht sehr gern liest, sagt, wir würden zu so feinen Damen und so viel weiser als er, dass er sicher ist, dass wir es überhaupt nicht bereuen werden, dass er geht."

Mordaunt hielt einen Augenblick inne. Eine der Überlegungen der vergangenen Nacht ging ihm durch den Kopf – was tat er da? Machte er dieses liebenswürdige junge Geschöpf unglücklich? Säte er Zwietracht zwischen ihr und einem jungen Mann, an dem sie vielleicht hing und der ganz sicher zu ihr hing? Und schließlich, zu welchem Zweck? Er schwieg so lange, dass die unschuldige Ellen, als sie ihm ins Gesicht sah und seine Fassungslosigkeit sah, hastig sagte: „Bitte, Mr. Mordaunt, seien Sie nicht beleidigt. Charles ist von Natur aus freundlich und gastfreundlich, und ich bin sicher, er würde für uns erröten, wenn wir einem Fremden gegenüber, dessen Verhalten uns gegenüber so zuvorkommend war, nicht aufmerksam wären; aber gerade jetzt ist er aufgebracht, und er hat in letzter Zeit sicherlich sehr viele merkwürdige Dinge gesagt." „Ich habe kein Recht, beleidigt zu sein", antwortete Mordaunt; "Aber wenn ich Sie oder *Ihre Freunde* beleidige, indem ich hier bleibe, Miss Powis, werde ich es wirklich bereuen, dass ich Llanwyllan nicht gestern verlassen habe, wie ich es zuerst vorhatte." "Bitte, denken Sie nicht daran. Ich kann nicht sagen, warum ich Ihnen all diese albernen Dinge wiederholt habe, aber ich neige so dazu, alles zu sagen, was ich denke, und bin so ungewohnt in Form und Zeremoniell, dass ich Ihnen, die Sie so viel in der Welt gelebt haben, sehr seltsam erscheinen muss. Ich fange *jetzt an*, mir Dinge zu wünschen, die ich mir nie zuvor gewünscht habe." "Was ist das, Ellen?" "Dass ich auch mehr in der Welt gelebt hätte, dass meine Manieren ein wenig kultivierter gewesen wären und nicht so – so – seltsam, wie ich Ihnen erscheinen muss." "Kunstloses und immer liebenswürdiges Geschöpf!" rief Mordaunt mit einer Heftigkeit aus, die sie fast zusammenzucken ließ: "Was, oh, was hätte die Welt für Sie tun können! Glauben Sie mir, Ellen, für eine Gnade, die sie Ihnen hätte geben können, hätte sie Sie um tausend beraubt."

In diesem Moment, als Mordaunt , erschrocken von seiner eigenen Hitze, seine Worte zurücknehmen wollte, als Ellen dadurch so verwirrt war , dass sie keine Antwort geben konnte, kam Joanna zu ihnen zurück und fragte ihn, ob er nicht hereinkommen wolle, da ihr Vater und ihre Mutter auf sie warteten. „In der Tat, Miss Ross", sagte Mordaunt , „ich glaube, ich habe falsch gehandelt, als ich heute hierhergekommen bin. Ihre Eltern, die durch die Trennung von ihrem Sohn betrübt sind , sollten nicht von einem Fremden überrascht werden." „Bitte, beurteilen Sie sie nicht nach meiner Torheit", antwortete Joanna: „Sie haben sich schon einmal von Charles getrennt: Da seine Abwesenheit wahrscheinlich nicht länger als ein paar Monate dauern wird, sind sie jetzt ganz gelassen und werden sich freuen, Sie zu sehen."

Joanna führte sie in ein sehr hübsches kleines Wohnzimmer , wo Mr. und Mrs. Ross, vor denen der Teetisch stand, darauf warteten, sie zu empfangen. Mr. Ross war ein weit fortgeschrittener Mann, der in seiner Jugend an vornehme Gesellschaft gewöhnt war, ein ausgezeichneter Gelehrter der klassischen Literatur und gut bewandert in englischer Literatur der gehobenen Klasse sowie in dem, was man treffend als Belletristik bezeichnet . Er hatte die Lage seiner Gemeindemitglieder erheblich verbessert, indem er Fleiß und Sauberkeit in ihre Wohnungen brachte, doch hatte er Ellens und Joannas Geist lediglich mit einer Liebe zum Lesen gefärbt, da er richtigerweise annahm, dass viel literarisches Wissen und verfeinerter Geschmack ihnen in ihrer Lebenslage mehr als nutzlos nützen würden. Joannas heiteres Herz hatte sich damit begnügt, nur an der Oberfläche zu kratzen; Ellen aber, die ernster war und einen feineren Geschmack hatte, hatte Mrs. Ross oft dadurch verärgert, dass sie so ungern ihre Studien aufgab und sich von den glänzenden Seiten von Addison und Pope losriss, um sich an schwere Handarbeiten zu machen oder Eingemachtes zuzubereiten. Alles Bemerkenswerte, das Ellen hörte oder las, machte sie sich zu eigen, und zwar nicht nur mit Hilfe ihres Gedächtnisses, sondern auch mit jener glücklichen, namenlosen Fähigkeit, das Beste aus allem auszuwählen und mit bewundernswerter Leichtigkeit Ideen zu kombinieren, um so Wissen und Witz aus Dingen zu extrahieren, die für gewöhnliche Gemüter kaum besser als eine uninteressante Lücke erscheinen. Eine alte Zeitschrift in Ellens Händen wurde zu einem Kommentar zur Geschichte der Zeit, zu der sie gehörte; und während andere Mädchen über die Geschichten gestolpert wären oder sich mit den darin enthaltenen Rätseln herumgeschlagen hätten, wählte und ordnete sie einen Vorrat an Fakten und charakteristischen Anekdoten, die mit sehr wenig Hilfe die Grundlage für das genaueste historische Wissen gewesen wären: So extrahierte Ellen wie die Biene aus den unscheinbarsten Materialien den Honig und ließ den Abfall zurück. Auf diese Weise und mit Hilfe sehr weniger Bücher hatte sie einen Grad an Informationen erlangt, den viele Frauen, deren Ausbildung mit größter

Sorgfalt gepflegt wird , nie erreichen. Ein weiterer Umstand war, dass sie, da es keine große Auswahl an Autoren gab, gezwungen war, die Bücher, die man ihr vorlas, mehrmals durchzulesen und so Zeit hatte, sie gründlich zu verarbeiten und zu verstehen. Den jungen Leuten von heute hingegen wird eine so endlose Vielfalt an Büchern angeboten, dass sie nichts ertragen können, das nicht den Reiz der Neuheit hat, und kaum ein Werk eine zweite Lektüre verdient.

Mrs. Ross war eine kleine, geschäftige, angesehene Frau, die sich etwas auf ihre gute Hausfrauenrolle einbildete , keinen *Müll* ertrug und Bücher und Papiere für unerträglich hielt: Mr. Ross war daher gezwungen, seine Kinder in sein Arbeitszimmer zu lassen und die Mädchen, soweit ihnen erlaubt war, in ihr eigenes Schlafzimmer, das gleichermaßen als das Zimmer von Ellen und Joanna galt. Mr. Ross hatte in den letzten zwei oder drei Tagen von seiner Tochter und Ellen viel über Mr. Mordaunt gehört : Er sah, dass sie von ihrer neuen Bekanntschaft sehr angetan waren; aber da er ihre Einfachheit und den Reiz des Neuen auf die Jugend kannte, wollte er selbst beurteilen, inwieweit der Reisende ein angemessener Begleiter für sie war. Ross hatte früher einiges von der Welt gesehen und war natürlich besser qualifiziert, den Charakter eines Menschen zu beurteilen als Powis oder zwei Mädchen wie Ellen und Joanna, die mit List so überhaupt nicht vertraut waren: Er beschloss, jede Verbindung mit dem Fremden abzubrechen, wenn er irgendetwas an dessen Benehmen fand, das seinen Vorstellungen von Anstand zuwiderlief; und Mrs. Ross, die überzeugt war, der Reisende müsse sich in eines der Mädchen verliebt haben, beschloss, wie sie es ausdrückte, ein *scharfes Auge* auf ihn zu haben: so ungekünstelt anständig waren jedoch Mordaunts Manieren, vermischt mit einer gewissen Würde, an die Mrs. Ross nie gewöhnt war und die Ross in letzter Zeit nicht gesehen hatte, dass die gute kleine Frau vor Ehrfurcht schwieg; und obwohl Charles sie mit einigen seiner Eifersuchtsängste angesteckt hatte (denn das waren sie zweifellos), verlor sie bald die Art von Vorurteil, die sie gegen den Reisenden gehegt hatte , war mit „ *dem Gentleman* ", wie sie ihn nannte, zufrieden und konnte überhaupt nicht zu ihrer eigenen Zufriedenheit feststellen, ob Joanna oder Ellen oder einer von beiden ihn dazu bewegt hatten, in Llanwyllan zu bleiben .

Mordaunts Manieren entzückt , sondern hatte auch seit Jahren kein so exquisites Vergnügen wie seine Unterhaltung genossen. Der Reisende war durchaus in der Lage, selbst auf literarischem Gebiet mit Ross zurechtzukommen, verstand die gelehrten Sprachen, war ein Liebhaber der klassischen Literatur, ein ausgezeichneter Historiker und Geograph und gab Ross in einer Stunde den klarsten Bericht über alles, was damals in der politischen Welt vor sich ging.

Die beiden Mädchen saßen da und hörten aufmerksam zu: Ellen schien ganz Ohr. Mrs. Ross wurde schließlich ein wenig unruhig und ging bald darauf weg, um einige häusliche Angelegenheiten zu erledigen, ließ die Mädchen aber ungewöhnlich nachsichtig bleiben. Der Abend verging und Ross war so mit seinem Gast beschäftigt , dass er nicht zu Fuß gehen konnte. Mordaunt zeigte sich so entzückt von Llanwyllan , dass er sagte, wenn er eine ordentliche Unterkunft bekommen könnte, würde er nach etwa vierzehntägiger Abwesenheit, die absolut notwendig war, versuchen , Lord St. Aubyns Zustimmung zu einer Vereinbarung zu erhalten, die es ihm ermöglichen könnte, einige Zeit dort zu bleiben; die reine Luft der Berge täte ihm gut und er dachte, zwei oder drei Monate ohne die Sorgen des Geschäfts in dieser friedlichen Abgeschiedenheit würden seine Gesundheit völlig wiederherstellen. Ross wusste, wenn Powis von seinem Vorschlag hörte, würde er Mordaunt aus tiefstem Herzenswärme und Herzlichkeit eine Wohnung auf der Llanwyllan Farm anbieten, wo es tatsächlich viel Platz gab. Doch Ross wusste auch – was Powis nicht wusste –, dass eine Wohnung im selben Zimmer wie ein so hübsches Mädchen wie Ellen Powis für einen Mann, der noch nicht den Zenit seines Lebens überschritten hatte, höchst unpassend wäre und dass Ellen sogar an diesem abgeschiedenen Ort unangenehmen Bemerkungen ausgesetzt wäre. Er sagte daher sofort, dass es im Haus einer Witwe im Dorf zwei hübsche, ruhige Zimmer gäbe, die sie gern vermieten würde, da sie vor kurzem ihren Sohn verloren habe. Sie sei eine sehr höfliche alte Frau und habe früher in einer vornehmen Familie Köchin gearbeitet . Und obwohl die Zimmer für Mr. Mordaunt vielleicht nicht ganz gut genug möbliert seien , könne man doch leicht und mit unerheblichen Kosten eine kleine Unterkunft von Carnarvon aus hinzubuchen, das nicht mehr als zwölf Meilen von Llanwyllan entfernt liege . Mordaunt war von dem Vorschlag begeistert und sagte, dass ein paar Guineen im Vergleich zu seiner Genesung für ihn nichts bedeuten würden; daher wurde beschlossen , dass er am nächsten Tag mit Ross die Zimmer besichtigen sollte. Dann stand Mordaunt auf, um sich zu verabschieden, aber das Eintreten von Mrs. Ross, gefolgt vom Diener mit ein paar heißen gebratenen Hühnern usw., hielt ihn davon ab, und eine ernsthafte Einladung, zu bleiben und an ihrem Abendessen teilzunehmen, das seinetwegen tatsächlich sehr aufgestockt worden zu sein schien, konnte er nicht widerstehen. Mordaunt kam natürlich dieser Bitte nach: Das Gespräch wurde allgemeiner: Mrs. Ross' Torten, hausgemachte Weine usw. waren ausgezeichnet, und Mordaunt lobte sie zu sehr, um nicht der Liebling der guten Dame zu werden. Er saß neben Ellen, und ein paar Worte, die er gelegentlich leise zu ihr sprach, und noch mehr, die ausdrucksvolle Art, in der sie gesagt wurden, begannen in Ross' Kopf den Verdacht zu erwecken, dass sie in Wirklichkeit der Magnet war, der den Fremden anzog. Er war sich ihrer überragenden Schönheit und angeborenen Eleganz bewusst und betrachtete sie als seine besondere Sorge, da er Powis ' arglose Einfachheit kannte und er keineswegs dazu geeignet war, die Führung eines so reizenden Mädchens zu übernehmen. Ross beschloss daher, Ellen sorgfältig zu beobachten, und wenn er irgendetwas zu Besonderes an Mordaunts Verhalten ihr gegenüber bemerkte, Powis zu raten, sie während des Aufenthalts des Reisenden in Llanwyllan von zu Hause wegzuschicken , was sehr gut möglich war, da Powis einen Verwandten in Bangor hatte. Ellen sollte diese Nacht im Pfarrhaus schlafen; und sobald Mordaunt sich verabschiedet hatte, zogen sich die beiden Mädchen zusammen zurück.

Ellen war so still, dass Joanna begann, sie wegen des Fremden zu ärgern und unter anderem sagte: „In der Tat, Ellen, ich glaube, der arme Charles hatte recht. Mr. Mordaunt wird bald seinen Platz in Ihrer Zuneigung einnehmen." „ *Seinen* Platz, *Charles'* Platz! Nein , in der Tat, Joanna!" „Nun, Sie können sagen, was Sie wollen, Ellen; aber Charles hat nie auch nur halb so viel Aufmerksamkeit von Ihnen bekommen, wie Sie Mr. Mordaunts Gespräch heute Abend gewidmet haben" – „Vielleicht nicht: Charles hat sich nie über so angenehme Themen unterhalten." „Warum sagen Sie dann, dass Sie ihn nicht so sehr mögen wie Charles und auch nicht so sehr mögen werden?" „Das habe ich nicht gesagt." „Nun, aber Sie sagten, er würde Charles' Platz in Ihrer Zuneigung nicht einnehmen, und das ist dasselbe." „Das wird er auch nicht . Ich liebe Charles wie einen Bruder, Sie wie eine Schwester; aber folgt daraus, dass mir kein anderer Mann oder keine andere Frau angenehm sein kann – muss ich aufhören, Sie beide zu lieben, bevor ich mit einem anderen zufrieden sein kann?" „Nein, gewiß nicht; aber ich bin überzeugt, Charles würde eine solche Zuneigung zu einer anderen Person nicht besonders schätzen, wie Mordaunt sie anscheinend von Ihnen gewonnen hat." „Dagegen kann ich nichts tun: Ich werde mich nie verpflichtet fühlen, Charles bezüglich meiner Vorlieben oder Abneigungen zu konsultieren ." „Was, nicht, wenn Sie ihn heiraten?" „Heirate Charles!" – „Ja, *heirate Charles* , Miss Powis : was ist daran so wunderbar?" „Liebe Joanna, ich kenne Sie heute Abend nicht. *Miss Powis !* und in diesem vorwurfsvollen Ton: Was habe ich getan, um Sie zu beleidigen, und warum nennen Sie mich *Miss Powis* ?" „Warum scheinen Sie dann so überrascht über die Idee, Charles zu heiraten, und sehen aus, als ob Sie den Gedanken völlig verachten würden?" „Weil mir ein solcher Gedanke nie in den Sinn kam: Ich könnte daher durchaus überrascht erscheinen; obwohl ich, was Verachtung betrifft, nie so etwas empfunden habe oder hätte sehen können." „Wenn Mordaunt nur halb so viel zu Ihnen gesagt hätte wie Charles, hätten Sie leicht verstanden, was *er* meinte." „Sie sind nicht freundlich, Joanna. Ich dachte, Sie hätten Mordaunt auch gemocht." „Das tue ich; aber es gefällt mir nicht, dass er Charles daran hindert, Ihre Liebe zu gewinnen." „Dann seien Sie versichert, das kann nicht sein: Ich liebe Charles wie einen Bruder, aber wenn ich Mordaunt oder irgendeinen anderen Mann nie gesehen hätte , wäre ich nicht Charles' Frau geworden. Mordaunt hält nichts von mir, kann es nicht . Und ich hoffe, Joanna, ich bin kein so kühnes Mädchen, dass ich mich, wie man so sagt, in einen Mann verliebe, der, da bin ich mir sicher, nie einen ernsthaften Gedanken an *mich verschwenden* wird, der mir so viel überlegen ist." „Warum sprichst du dann so ernsthaft gegen Charles aus? Das hast du nie zuvor getan?" „Weil du mich nie zuvor so ernsthaft bedrängt hast, und ich versichere dir, ich habe nie daran gedacht." „Aber was hast du gegen Charles als Ehemann?" „Viele, Joanna, viele. Er ist zu hastig, zu leidenschaftlich. Er würde mir Angst machen." „Und woher weißt du, dass Mordaunt nicht leidenschaftlich ist?" „Immer noch Mordaunt !", sagte Ellen ein wenig ungeduldig. „Was bedeutet es mir, ob er leidenschaftlich ist oder nicht? Er wird für mich nie mehr sein als ein angenehmer Bekannter." – „Nun, ich finde, Mordaunts Augen haben manchmal einen seltsamen Ausdruck und eine furchtbare Düsterkeit auf seinem Gesicht." „Furchtbar! Mordaunts Gesicht ist furchtbar! " Ich habe noch nie etwas so Schönes gesehen; und sein Gesichtsausdruck ist der sanfteste – sein Lächeln das süßeste –" Ellen hielt etwas verlegen inne, und Joanna antwortete ein wenig boshaft: „Das mag sein, wenn er *dich ansieht* ; und dann wirst du rot und senkst deine Augen und siehst natürlich nicht, wie *er* aussieht; aber ich sage dir, er *hat eine furchtbare Düsterkeit* , obwohl du so erstaunt über das Wort bist und so entzückt von ihm." Hier beendete die schrille Stimme von Mrs. Ross, die ihnen aus ihrem eigenen Zimmer zurief: „Mädchen, Mädchen, wollt ihr die ganze Nacht reden?", die Unterredung, und sie sagten hastig „Gute Nacht", weniger zufrieden miteinander als je zuvor. Joanna war wütend auf Ellen, weil sie Mordaunt Charles vorzog, und Ellen fand Joanna äußerst spitzbübisch und schlecht gelaunt .

Am nächsten Tag besichtigte Mordaunt in Begleitung von Mr. Ross die Wohnung, die er ihm angeboten hatte, und erklärte sich sofort bereit, sie für drei Monate zu beziehen. In drei Wochen sollte er dort beginnen. Während dieser Zeit müsse er nach Bath reisen, um Lord St. Aubyn aufzusuchen und dessen Zustimmung zu einer Vereinbarung einzuholen, die es ihm ermögliche, Northamptonshire für diese Zeit zu verlassen. Während seiner Abwesenheit von Llanwyllan wolle er einige Bücher und andere Annehmlichkeiten in seine neue Wohnung schicken. Am übernächsten Tag, sagte er, werde er aufbrechen, da er es kaum abwarten könne, die Reise anzutreten, damit er schneller zurückkäme . Am Tag dazwischen ging er zu Fuß zur Farm und fand, seltsamerweise , Ellen ohne Joanna vor .

Ellen war den ganzen Tag sehr beschäftigt gewesen, und Joanna war immer noch etwas kühl, denn sie konnte ihre entschiedene Zurückweisung von Charles nicht vergessen. Sie war ebenfalls sehr beschäftigt gewesen und hatte Ellen am Abend zuvor gesagt, dass sie sie an diesem Tag nicht sehen würde. „Aber Mr. Mordaunt wird kommen", fügte sie etwas schroff hinzu, „und das wird meine Abwesenheit vollkommen wiedergutmachen." „Sie sind unfreundlich, Joanna", antwortete Ellen, „und ich werde mir wünschen, Mr. Mordaunt hätte Llanwyllan nie besucht ." Joanna schüttelte ungläubig den Kopf und verließ sie. Mordaunt fand Ellen daher allein und eifrig beschäftigt zwischen ihren Sträuchern und Blumen. Die frische Abendluft, die Bewegung und die Freude, die sie an ihrer Beschäftigung hatte, hatten ihrem Teint neue Schönheit und ihren Augen neue Lebendigkeit verliehen. Nach den ersten Begrüßungen bat er darum, ihr helfen zu dürfen, und er stieg auf eine Leiter, die ihm ein walisischer Junge, der die mühsameren Teile der Arbeit erledigte , zur Verfügung gestellt hatte, und machte sich daran, den Girlanden, die von Baum zu Baum hingen, eine neue Wendung zu geben. Ellen stand unten, und als sie aufblickte, um ihm zu zeigen, fiel ihm ein langer Clematistrieb aus der Hand und verfing sich in ihrem Strohhut. Aus Angst, ihn zu zerbrechen, stieg er herab, und während er versuchte, ihn zu entwirren, fiel der Strohhut zu Boden; und da Ellen wie gewöhnlich ihre bescheidene Musselin-Kappe nicht trug, wurde ihr schönes Haar zum ersten Mal seinem Blick ausgesetzt, und er stand da und starrte wie gebannt auf ihre leuchtend rotbraunen Locken und die glatt polierten Schläfen. So schön er sie immer gefunden hatte, so schön wie jetzt hatte er sie noch nie gesehen, und ihre zunehmende Röte erinnerte ihn schließlich daran, dass sein Blick bedrückend wurde. Sofort wandte er den Blick ab, nahm den Hut, wischte etwas Staub ab, der daran klebte, überreichte ihn ihr mit respektvoller Miene und sagte: „Ich bin ein sehr ungeschickter Gärtner; ich habe Ihren Hut verdorben." „In der Tat", sagte Ellen, „im Gegenteil, ich sollte meinen, Sie hätten es Ihr ganzes Leben lang geübt , so bewandert scheinen Sie in dieser Beschäftigung zu sein." – „Wäre ich doch in den Himmel gekommen", antwortete Mordaunt , „und hätte nie etwas anderes gekannt als die Pflege dieser Sträucher und die lieblichen Schatten von Llanwyllan ." Und jetzt sah Ellen zum ersten Mal einen eigenartigen Ausdruck in seinen Augen und eine Düsterkeit auf seinem Gesicht, die sie an das erinnerte, was Joanna über ihn gesagt hatte; aber Ellen legte es anders aus, und hätte sie es gewusst, hätte Shakespeare gesagt: „Er ringt vor irgendeiner Not: Ich wollte, ich könnte sie befreien, was auch immer es sein mag."

Um ihn auf eine andere Idee zu bringen, sagte sie in sanftem Ton: „Was für ein Wunsch! Wie anders sind meine Gefühle! Ich würde alles dafür geben, wenn mein Schicksal dem Ihren ähnlich wäre; wenn ich mich nicht nur mit der Pflege dieser Bäume beschäftigt hätte, selbst fast ebenso sehr ein Gemüse, sondern wie Sie meinen Geist und meine Manieren kultiviert und mich zu einem Gefährten für – die Weisen und Guten gemacht hätte!" Die sanfte, ausdrucksvolle Pause sprach Bände zu Mordaunts Herzen , und er konnte nicht anders, als zu antworten: „Sie sind bereits ein passender Gefährte für Engel."

Es folgte eine lange Pause. Ellen begann wieder ihre angenehme Arbeit , und Mordaunt half ihr mit neuem Eifer. Schließlich sagte er: „Wenn ich zurückkomme, Ellen, erlaubst du mir, dir einige Bücher zur Lektüre zu empfehlen, die ich dir in meine Unterkunft schicken werde?" „Ah", sagte Ellen, „ich würde sie mit Vergnügen lesen, aber Mrs. Ross ist so streng, dass sie mir nicht erlaubt, überhaupt zu lesen, wenn sie es vermeiden kann; und mein Vater erwartet von mir, dass ich ihr in jeder Hinsicht gehorche." „Aber sicherlich würde Mr. Ross, der selbst so literarisch ist, einem Geist wie dem Ihren , der so eifrig nach höheren Errungenschaften strebt, gern nachgeben." „Ah, nein; Mr. Ross glaubt, dass in unserer Stellung jede außergewöhnliche Verfeinerung schädlich wäre und uns nur unzufrieden machen würde." „Diese alltäglichen Ideen mögen Joanna Ross und Mädchen mit gewöhnlichem Verstand sehr gut tun, aber Sie sollten sich doch von anderen Grundsätzen leiten lassen. Talente wie das Ihre verlangen so dringend nach Förderung, dass es eine wahre Grausamkeit ist, sie zu leugnen." „Ach, Mr. Mordaunt , sprechen Sie nicht so mit mir; ich bin geneigt, meine Niedrigkeit zu beklagen; nicht aus Ehrgeiz, sondern aus Wissensdrang, der in meinen Umständen völlig außerhalb meiner Reichweite liegt. Bemühen Sie sich vielmehr, meinen Verstand und meinen sehnlichen Wunsch zu stärken, meine Pflicht an dem Platz zu tun, an den Gott mich gestellt hat." „Verabscheuen Sie mich, Ellen, wenn Sie jemals feststellen, dass ich versuche , ein gutes und nützliches Prinzip in Ihrem makellosen Verstand zu untergraben; aber woher soll Mr. Ross wissen, welchen Platz Sie künftig einnehmen werden, es sei denn", fügte Mordaunt ausdrucksvoll hinzu, „ *Ihr Schicksal ist bereits bestimmt* ?" „Zweifellos", sagte Ellen (ohne seine Anspielung auf Charles zu verstehen): „Was kann ich anderes erwarten, als hier zu bleiben, die nützliche Assistentin meines Vaters?" „Aber Sie können, ja, werden höchstwahrscheinlich heiraten." „Es ist unwahrscheinlich", sagte Ellen; „aber wenn doch, dann wahrscheinlich in einem Lebensbereich, der weitere literarische Errungenschaften bestenfalls unrentabel macht; das sagt zumindest Mr. Ross, und ich betrachte ihn als meinen Hauptanleiter." „Sie haben das bisher gut gemacht, aber es können sich später Umstände ergeben, die Ihre Ansichten ändern. In der Zwischenzeit möchte ich Ihnen zur Ehre der Literatur versichern, dass ihre Professorinnen nicht unbedingt, einem vulgären Vorurteil zufolge, als Mütter, Geliebte oder Haushaltsökonominnen nutzlos werden. Ich habe tatsächlich eine Dame gesehen, die nicht nur über große literarische Kenntnisse, sondern auch über großen literarischen Ruhm verfügt, die sich mit der erlesensten Geschicklichkeit und Angemessenheit nicht nur um die Verwaltung einer großen Familie, sondern auch eines großen Bauernhofs kümmert und deren Ordnung, Sauberkeit und Regelmäßigkeit nirgendwo zu übertreffen sind; dennoch hat diese hervorragende Frau viele Bücher veröffentlicht, die in einem makellosen Stil geschrieben sind und voller reinster Prinzipien und höchstem gesunden Menschenverstand sind." „Wie gut sie ihre Angelegenheiten geordnet und ihre Zeit eingeteilt haben muss!" „Zweifellos – und wir werden sehen, ob Ellen Powis nicht Lust hat, eine zweite Mrs. W. zu werden."

Bei diesem Teil des Gesprächs gesellte sich Powis zu ihnen, und Mordaunt verabschiedete sich, nachdem er ein paar Minuten mit ihm geplaudert hatte. Aber obwohl er davon gesprochen hatte, Llanwyllan am nächsten Tag zu verlassen, ging er erst am darauffolgenden Tag dorthin, und am Sonntag begleitete er Mrs. Ross und die jungen Leute in die hübsche Pfarrkirche, wo er sich sehr über die ernsthafte und würdevolle Art freute und erbaute, in der der ehrwürdige Ross den Gottesdienst hielt. Sein schönes, von grauem Haar beschattetes Gesicht, der reiche Klang seiner Stimme und die energische Art, in der er seine ländliche Gemeinde ermahnte, flößten Mordaunt den größten Respekt vor ihm ein und eine Inbrunst der Hingabe, die er selten zuvor erlebt hatte. Nicht weniger bewunderte er die ungekünstelte Frömmigkeit und Aufmerksamkeit von Mrs. Ross und ihren beiden Schülern, die, sobald sie in der Kirche waren, zu tief von der Absicht ihres Kommens beeindruckt schienen, als dass sie ihren Blick oder Gedanken auf etwas anderes abschweifen ließen. Als sie durch den Friedhof zurückkehrten , war Mordaunt entzückt, die Sauberkeit und sogar Eleganz zu sehen, mit der diese Totenaufbewahrung gepflegt wurde. Die Gräber, die mit Weidenbändern umwickelt und mit frischen Blumen geschmückt waren, wie es in ganz Wales üblich ist, weckten in ihm Gefühle der zärtlichsten Art; er war entzückt, die Wirkungen einer Liebe zu sehen, die das Grab überdauerte, und flüsterte Ellen zu, dass er, wo auch immer er lebte, den Wunsch hege, in Wales begraben zu werden. „So müßig es auch erscheinen mag", sagte er, „sich darum zu sorgen, was aus diesem vergänglichen Körper wird, wenn der unsterbliche Geist entwichen ist, so kann ich doch nur der Wahrheit von Grays unnachahmlichen Überlegungen zu diesem Thema zustimmen:

„Selbst aus dem Grab ruft die Stimme der Natur ,
selbst in unserer Asche lebt ihr gewohntes Feuer."

Da Ellen Gray nie getroffen hatte, wiederholte Mordaunt ihr nun einige der schönsten Strophen und versprach, ihr das Gedicht am nächsten Morgen zuzuschicken.

Was für ein Glück für sie, dass sie nie dazu verdammt war, diese bezaubernde Elegie so abgedroschen anzuhören , dass selbst ihre Schönheit in der faden Rezitation von Mädchen verloren geht, die sie als Aufgabe lernen.

KAPITEL IV.

Eine plappernde Tratschtante, auf deren Zunge
der Beweis ewiger Bewegung hing,
die mit hundert Augenpaaren
den vergeblichen Anfällen von Schlaf trotzt;
die mit hundert Flügelpaaren
Nachrichten aus den entferntesten Gegenden bringt,
alles sieht, hört und erzählt,
was sie weiß, und noch zehnmal mehr.

CHURCHILL.

Als Mordaunt fort war, kehrten Joanna und Ellen zu ihrem gewohnten Lebensstil zurück: Zunächst fand Ellen ihre alltäglichen Beschäftigungen sehr langweilig. Der Tag schien ungewöhnlich langweilig, aber das ließ nach; und hätte sie Mordaunt nie wieder gesehen, hätte sie sich sicher immer mit besonderem Interesse an ihn erinnert; aber ihr Seelenfrieden war ungestört: und doch hatte Mordaunts Unterhaltung die gefährlichste Tendenz. Welches Mädchen von siebzehn Jahren, durchdrungen von der natürlichen Romantik, die ein Leben in einem so erhabenen Land wie Wales fast zwangsläufig in einem leidenschaftlichen Geist und einem gefühlvollen Herzen hervorruft, könnte nicht durch die Stimme der Schmeichelei dazu gebracht werden, sich den bloßen gewöhnlichen Beschäftigungen des häuslichen Lebens überlegen zu fühlen; doch wenn der Schmeichler nicht beabsichtigt, sie durch eine höhere Beschäftigung zu ersetzen, ist es dann nicht wahrscheinlich, dass Unglück, wenn nicht sogar ein Abfall von der Tugend, die Folge sein könnte? Mordaunts Vorschläge hätten daher einem in weltlicher List geübteren Geist seine Absichten äußerst zweideutig erscheinen lassen; und das wenige, was Mr. Ross von ihm gesehen hatte, machte ihn nicht nur sehr froh, dass er weg war, sondern ließ ihn inständig wünschen, er möge nicht zurückkehren; und als vierzehn Tage vergangen waren und weder Bücher noch Pakete in der Hütte der Witwe Grey ankamen, begannen Ross und, um die Wahrheit zu sagen, auch Joanna zu hoffen, dass er nicht zurückkehren würde. Joanna mochte Mordaunt als Gefährten und hatte keine jener Ängste, die sich in Ross' Geist eingeschlichen hatten; aber ihre Liebe zu ihrem Bruder und die Gewissheit, dass Mordaunt ihm von Ellen vorgezogen wurde, gaben ihr eine Art Vorurteil gegen ihn, und sie konnte nicht umhin, eine Art Triumph darüber zu zeigen, dass er nicht zurückkehrte. Ellen, deren Gemüt ebenso sanft wie ihr Verständnis ausgezeichnet war, ertrug die kleinen Sticheleien, die Joanna hin und wieder über ihre vermeintliche Enttäuschung aussprach, mit großer Milde; Doch wenn Joanna Mordaunt der Launenhaftigkeit und Unaufrichtigkeit bezichtigte, nahm sie ihn manchmal in Schutz, zwar aufrichtig , aber auch mit ein wenig Wärme, was Joanna erneut missfallen ließ. Und diese kleinen Streitereien minderten unmerklich die Freude, die sie sonst in ihrer Gesellschaft empfanden. Nichts könnte unüberlegter sein als Joannas Verhalten bei dieser Gelegenheit: Hätte sie geschwiegen, hätte Ellen nie gesprochen und kaum an Mordaunt gedacht ; aber da sie gezwungen war, sich oder ihn ständig zu verteidigen, wurde er für sie interessanter; ihr großzügiges Herz ertrug es wahrscheinlich nicht, ihn ohne Grund angeklagt zu hören: So verstärkte Joanna, wie alle Menschen, die sich von Vorurteilen und schlechter Laune irreführen lassen , das Übel, dem sie vorbeugen wollte, und indem sie ihre eigene Gesellschaft für Ellen weniger wünschenswert machte, ließ sie ihr mehr Freiheit, Mordaunts Besuche zu empfangen, falls er wirklich zurückkehren sollte; und es schien wahrscheinlich, dass er schließlich vorhatte, zurückzukehren: denn etwa drei Wochen nach seiner Abreise wurden mehrere große Pakete in einem leichten Karren zur Witwe Grey gebracht, und der Fahrer sagte, er sei in Carnarvon von einem fremden Herrn angeheuert worden, der am Abend zuvor mit der Post angekommen war, und würde am nächsten Morgen bei ihr sein. Die Nachricht von diesem wichtigen Ereignis verbreitete sich schnell im Dorf, und es gab zahlreiche Vermutungen, die darauf folgten. Dame Grey hatte im Laufe des Abends mehrere Besucher, die sich diese wunderbaren Pakete ansahen, Vermutungen anstellten, was jedes davon enthalten mochte, und die versuchten , von ihr zu erfahren, was einen so vornehmen Gentleman wie Mr. Mordaunt dazu bewegen könnte, zu ihr ins Cottage zu kommen und dort zu wohnen. Darauf konnte die gute Frau nur antworten, dass Mr. Ross ihr gesagt habe, der Gentleman käme aus Gesundheitsgründen, und sie durfte behaupten, dass Mr. Ross das wüsste. Jedenfalls war es ihr egal. Der Gentleman hatte sich bereit erklärt, ihr zwölf Schilling pro Woche für ihre beiden Zimmer zu geben, was vier Schilling mehr waren, als sie erwartet hatte. Aber natürlich sollte sie für ihn kochen, und sie wussten alle, dass sie eine ebenso gute Köchin war wie Madam Ross selbst. Denn als sie bei ‚Squire Davies‘ wohnte – die Erwähnung von ‚Squire Davies‘ genügte der gesamten Zuhörerschaft. Sie gingen einer nach dem anderen davon und ließen sie allein zurück, um die prachtvollen Pakete ihres Untermieters zu bewundern und zu bestaunen. Sie fürchteten nichts mehr als die langweiligen Geschichten, die sie zu hören bekommen würden, wenn sie blieben, jetzt, da Dame Grey angefangen hatte, von der Zeit zu erzählen, als sie bei Squire Davies lebte.

Dame Grey wusste nicht so recht, was sie mit den Zimmern ihrer Untermieterin anfangen sollte, in denen Bettwäsche und viele andere Dinge fehlten, die die Pakete vermutlich enthielten. Sie dachte, es wäre nur richtig und ein angemessener Kompliment, wenn sie zu Madam Ross, Miss Joanna und Miss Ellen, falls sie dort wäre, ginge und sie fragte, was sie am besten tun sollte. Mrs. Ross riet ihr, auf keinen Fall die Pakete zu öffnen, und sagte, wenn Mr. Mordaunt am nächsten Tag nicht rechtzeitig käme, würde sie ihr die passende Wäsche für sein Bett und seinen Tisch besorgen, bis seine eigenen geöffnet werden könnten. Gleichzeitig erklärte sie sich bereit, Dame Grey zu begleiten und dafür zu sorgen, dass die Sachen ein wenig aus einer Sänfte geräumt würden. Zu dieser hilfsbereiten Tat wurde sie sicherlich von derselben Art Neugier getrieben, die auch ihre ärmeren Nachbarn dazu bewegt hatte , sich die Pakete anzusehen und anhand ihres Gewichts und ihrer Größe zu beurteilen, was sie enthalten könnten. Niemand, der jemals in einem kleinen Dorf gelebt hat, wird sich darüber wundern: Er wird wissen, dass kein Wesen jemals in einem Kleid einer anderen Farbe oder einem Hut einer anderen Größe als dem, was es zuvor gesehen hat, auftaucht, ohne die größte Neugier und Feindseligkeit zu erregen; dass eine Hochzeit, eine Beerdigung oder eine Taufe der ganzen Nachbarschaft stundenlang Gesprächsstoff bieten wird; und dass, wenn jemand dafür verurteilt wird, in den einfachsten Angelegenheiten ganz anders zu leben als üblich, ihm wahrscheinlich Seltsamkeit, Absurdität, Geiz und schließlich Wahnsinn zugeschrieben werden: Stellen Sie sich dann vor, was für ein Fest für die Klatschtanten Mr. Mordaunts Pakete geboten haben müssen; denn als Dame Grey und Mrs. Ross ankamen, warteten zwei oder drei weitere darauf, einen Blick darauf zu werfen. Nun, zwischen diesen Paketen usw. war eines, das eindeutig wie eine Damenhutschachtel aussah: „Nun", sagte Mrs. Ross, „das ist ein seltsames Ding; was kann es enthalten? Sicherlich wird Mr. Mordaunt keine Dame mitbringen! Er hat Ihnen, Dame Grey, nichts gesagt, als ob er verheiratet wäre, oder ? " „ Gott segne mich, nein, Madam; aber Mr. Ross oder Farmer Powis wissen es bestimmt ." „ Pah ! Sie wissen überhaupt nichts darüber: Nun, wir werden sehen. Mich für meinen Teil würde es nicht wundern: Er ist kein sehr junger Mann und ist oder war höchstwahrscheinlich verheiratet." Zwei oder drei der Anwesenden gingen weg, eifrig dabei, das Gerücht zu verbreiten, dass Mr. Mordaunt und seine Frau am nächsten Tag zu Dame Grey kommen würden; das müsse wahr sein, denn Madam Ross habe es gesagt, und außerdem hätten sie mit eigenen Augen *Madam Merdans* schöne Hutschachtel gesehen, die ohne Zweifel eine Macht guter Dinge enthielt. Einige gingen so weit, die wahrscheinliche Farbe des Hutes und des besten Kleides der Dame festzulegen ; und eine bemerkenswerte Dame, die Frau eines Bauern, der Land an Powis's pachtete , dachte, sie würde „einfach einschreiten und Miss Ellen und Miss Joanna Bescheid sagen, damit sie sich ein bisschen zurechtmachen könnten, bevor *Madam Mording eintraf". Es wäre unmöglich, die* Überraschung von Ellen und Joanna zu beschreiben , die zusammensaßen, als Nachbarin Price all diese seltsamen Umstände erzählte, ausgeschmückt durch ihre eigenen Vermutungen und Kommentare. Joanna glaubte und war nicht traurig: Ellen zweifelte und sagte, sie würde froh sein, wenn es sich als so erweisen würde, da Mrs. Mordaunt eine angenehme Ergänzung für ihre Gesellschaft wäre. Joanna sah sie mit schelmischen und halb triumphierenden Augen an; und Ellen, geärgert , verärgert und verunsichert, konnte ihre Tränen kaum zurückhalten. Schließlich hörte das plappernde Geschwätz auf, und Joannas Gespräch mit Ellen verlief im üblichen Ton; aber Ellen konnte es ungewöhnlicherweise nicht ertragen. Unter anderem sagte Joanna Ellen, wenn Mrs. Mordaunt käme, würde sie vermutlich ihre ganze Zeit mit ihr verbringen ; und wenn nicht, würde sie vielleicht Mordaunts Gesellschaft auch ohne ihre eigene für ausreichend halten, und ihre Mutter sei überzeugt, dass sie sich nicht mehr so gern von ihr beherrschen lassen würde wie früher. Ellen brach nun in Tränen aus und sagte Joanna, sie wisse nicht, was sie getan habe, um solche unfreundlichen Bemerkungen zu provozieren; sie habe nie einen Grund zu der Annahme gegeben, dass sie ihre Gesellschaft nicht der einer anderen Person vorziehe, und sie habe auch nie auch nur einen Augenblick gezögert, Mrs. Ross in allen Dingen zu gehorchen; aber wenn es von ihr verlangt würde, die Bekanntschaft mit einem Mann aufzugeben, der nie etwas getan habe, was sie beleidigt habe, müsse sie sagen, dass sie das nicht könne, nein, nicht wolle. Joanna, erschrocken über eine Wärme, die sie von der sonst so sanften und nachgiebigen Ellen nicht erwartet hatte, bat sie nun um Verzeihung; und während sie sie zärtlich umarmte, sagte sie, sie wisse, dass es falsch gewesen sei, sie so sehr zu necken , und werde das Thema in Zukunft fallen lassen. Ellens warmes, verzeihendes Herz veranlasste sie sofort zu der Einsicht, dass sie vielleicht selbst kritisch gewesen sei. Und nachdem sie sich für den nächsten Tag wieder verabredet hatten, trennten sie sich als bessere Freunde, als sie es seit langer Zeit gewesen waren.

Als Joanna zu Hause ankam, erkundigte sie sich bei ihrer Mutter nach der Grundlage der seltsamen Geschichte, die sie von Mrs. Price gehört hatte, und konnte sich das Lachen kaum verkneifen, als sie erfuhr, auf welch dürftiger Grundlage diese Geschichte zustande gekommen war. Mrs. Ross verteidigte jedoch weiterhin die Wahrscheinlichkeit ihrer eigenen Vermutungen und fügte hinzu, dass sie sich jedoch ganz sicher sei, dass sich unter den Paketen eine Menge Bücher befänden, und dass sie nun vermutlich weniger Arbeit als je zuvor hätte, da sowohl Joanna als auch Ellen nie ruhig sein würden, es sei denn, sie gingen mit Mordaunt spazieren oder lasen den neuen Krimskrams, den er ihr geschickt hatte. „Liebe Mutter", sagte Joanna, „warum denkst du das? Du weißt, dass ich nicht so gern lese, obwohl es mir wiederum sehr gut gefällt, und ich würde es noch mehr tun, wenn ich nicht so viele andere Dinge zu tun hätte. Und was Ellen betrifft, so glaube ich zwar, dass sie mehr Freude am Lesen hat als an allem anderen auf der Welt, aber du weißt doch, dass sie so gut und sanft ist, dass sie sich nie weigert, etwas zu tun, was du von ihr verlangst." „Ja, das ist so; aber merken Sie sich meine Worte, Joanna, Sie werden unerwartete Veränderungen erleben." Dies war eine jener zweideutigen Prophezeiungen, mit denen Mrs. Ross, wie der Pfarrer von Wakefield, ihrer Familie eine Meinung über ihre Scharfsinnigkeit einzuprägen versuchte : Sie hatte damit nicht so viel Erfolg wie Dr. Primrose, denn Mr. Ross schenkte ihnen nie die geringste Beachtung: und Joanna hatte so selten erlebt, dass eine davon in Erfüllung ging, dass sie sich im Allgemeinen nichts dabei dachte. Im vorliegenden Fall jedoch fühlte sie sich ein wenig unwohl und begann zu befürchten, dass der arme Charles alle Hoffnungen auf Ellen Powis aufgeben müsse . Denn Joanna war in ihrem Innern davon überzeugt, dass Mordaunt Ellen sehr bewunderte, und sie war überzeugt, dass Ellen ihn für ein Wesen von höherer Ordnung hielt. Und Joanna war zu unschuldig und zu arglos, um sich auch nur einen Augenblick lang vorzustellen, dass Mordaunt , wenn er Ellen mochte, irgendetwas anderes im Sinn haben könnte als die Heirat. Ellen ihrerseits empfand an diesem Abend mehr Ärger, als sie erklären konnte: Sie konnte kaum an der Wahrheit dessen zweifeln, was Mrs. Price behauptete, von Mrs. Ross gehört zu haben, nämlich dass Mordaunt verheiratet war und dass seine Frau mit ihm nach Llanwyllan kommen würde, worüber sie sich ihrer Meinung nach sehr freuen sollte; aber dann schmerzte es sie, dass Mordaunt diesen Umstand streng geheim hielt und kein einziges Mal darauf Bezug nahm, wenn er, wie er es während der letzten beiden Tage seines Aufenthalts in Llanwyllan wiederholt getan hatte , von dem Vergnügen sprach, das er sich in der Gesellschaft von Mr. Ross, Ellen und Joanna wünschte.

KAP. V.

Und mit ihnen komponierte man so süße Worte,
dass sie die Dinge noch reicher machten.

Weiler.

Ellen war am nächsten Morgen mit ihrer Nadel beschäftigt, als Mordaunt plötzlich das Zimmer betrat (denn an die Zeremonie, Besucher anzukündigen, dachte man in Llanwyllan nicht): Sie stand hastig auf, setzte sich hastig wieder hin, wurde blass, dann rot und sagte auf seine hastigen Fragen hin: „Sind Sie allein, Sir?" „Allein", antwortete Mordaunt , über alle Maßen überrascht ; „ja, gewiß: haben Sie erwartet, jemanden bei mir zu sehen?" „Ja – nein, das heißt, ich dachte, man hätte uns gesagt, Mrs. Mordaunt , daß Ihre Frau mit Ihnen kommen würde." „Meine Frau!", rief Mordaunt aus und wurde erst so rot und dann so blaß wie Ellen es getan hatte, fast in den Worten Othellos und vielleicht in seinen Gefühlen nicht ganz unähnlich ; „Welche Frau? Ich habe keine Frau." „Ich bitte wirklich um Verzeihung", sagte Ellen, „dass ich Ihnen einen so seltsamen Empfang bereitet habe, aber uns wurde tatsächlich gesagt, daß Ihre Frau ganz bestimmt mit Ihnen kommen würde." „Was könnte Anlass zu solch einer lächerlichen Geschichte sein", sagte Mordaunt , als er seine Fassung wiedererlangte, „und konnten *Sie* , Ellen, es glauben?" „Ich gebe zu, ich fand es seltsam", antwortete sie, „dass Sie es nie erwähnt hatten, und ich zweifelte an der Wahrheit der Geschichte; aber Joanna schien es zu glauben, und mir wurde gesagt, dass Mrs. Ross es behauptet hatte, aber ich wage zu behaupten", fügte sie lächelnd hinzu, „dass es eine dieser Klatschgeschichten war, von denen es in diesem Dorf so viele gibt." Mordaunt sagte, er könne sich das überhaupt nicht erklären, und ging zu dem Tisch, an dem sie gesessen hatte, denn bis dahin hatten sie beide gestanden, und sagte: „Soll ich Sie stören, wenn ich mich für eine halbe Stunde zu Ihnen setze?" „Gewiss nicht", sagte Ellen: „Sie werden mir erlauben, mit meiner Arbeit fortzufahren." Aber Ellens Hand unterstützte ihre Absicht nicht, denn sie zitterte so sehr, dass sie die Arbeit weglegen und halb lachend sagen musste, um ihre Verwirrung zu verbergen: „Ich habe mich so lächerlich aufgeregt, als ich mir einbildete, ich würde einen Fremden treffen, dass ich mich ausruhen muss, bis meine Hand etwas ruhiger ist." Mordaunt nahm zum ersten Mal die zitternde Hand in seine eigene, drückte sie sehr sanft und sagte: „Sie haben mir bei meiner Rückkehr nicht die Hand geschüttelt, Ellen, doch ich hoffte, Sie hätten sich gefreut, Ihren Freund Mordaunt wiederzusehen: Erlauben Sie mir den Titel?", fügte er hinzu und blickte sie eindringlich an.

Die arme Ellen, die eigentlich keine der üblichen Schmeicheleien wie „Sie erweisen mir eine Ehre usw." kannte, wusste weder, wohin sie schauen noch was sie sagen sollte; und Mordaunt hob sanft ihre Hand zu seinen Lippen, ließ sie los und versuchte , ihre sichtbare Verwirrung zu bemitleiden, sie zu lindern, indem er sagte: „Ich glaube, Sie sind ein wenig, ein ganz kleines bisschen blasser und dünner als damals, als ich Llanwyllan verließ ." „Ich habe viel Sport gemacht", sagte Ellen; „und ich glaube, auch Sie, Mr. Mordaunt , haben sich verändert: Sie sehen blass aus und wirken müde." „Oh ja, Ellen, ja; ich habe viel erlebt, seit wir uns getrennt haben – viel Müdigkeit sowohl des Körpers als auch des Geistes. In diesen süßen Schatten hoffe ich, wieder Frieden zu finden: oh, dass ich sie nie mehr verlassen könnte, „die Welt vergisst, bei der Welt hat vergessen"; dass ich könnte, dass ich für immer hier bleiben könnte ! Würden *Sie* , Ellen, würden *Sie* Bemühen Sie sich , meine Sorgen zu lindern und mir meinen Seelenfrieden wiederzugeben?" Er ergriff erneut ihre Hand und drückte sie mit wildem Griff an seine pochende Stirn. Ellen sah ihn mit besorgten Augen an; seine Energie, seine offensichtliche Aufregung erschreckten sie: Er sah die Überraschung , die er hervorgerufen hatte, ließ ihre Hand los und sagte: „Verzeihen Sie mir, ich bin heute nicht ich selbst; aber ich muss wirklich verloren sein, bevor ich auch nur für einen Augenblick den vollkommenen Respekt vergessen kann, den ich Ihnen schulde." Sein Gesicht wurde sofort gelassener , und nach einer kurzen Pause sagte er lächelnd: „Und wie geht es dem armen Strohhut, den ich am Abend vor meiner Abreise ruiniert habe?" „In der Tat haben Sie ihn nicht ruiniert", sagte Ellen lachend; „er würde nicht leicht beschädigt werden." „Oh, sicherlich war er völlig ruiniert, und da ich der Urheber des Unheils war, konnte ich, obwohl Sie mir keinen Auftrag für Bristol oder Bath geben wollten, dem Wunsch nicht widerstehen, den Verlust wiedergutzumachen, was Sie hier, wie ich weiß, nicht tun können, und ich habe dementsprechend einen für Sie ausgesucht, der, obwohl äußerst einfach, Ihnen bestimmt besonders gut stehen wird: Ich habe auch einen für Joanna hinzugefügt, der nicht genau wie Ihrer in der Form ist, weil das lächerlich wäre; ich meine, er würde nicht zu ihrem Gesichtsstil passen." „Sie sind zu gut: Es tut mir leid, dass Sie so viel Mühe hatten." „Oh, die Mühe, etwas für *Sie* und Ihre Freundin zu tun, muss unerträglich sein; so schrecklich es auch war, wenn Sie mir jedoch den Gefallen tun, diesen einfachen Hut zu tragen, werde ich es für überbezahlt halten: es ist auch ein kleines Päckchen für Mrs. Ross dabei: und einige Bücher für unseren guten Freund Mr. Ross: auch habe ich meinen ersten und wirklich geschätzten Freund, Ihren Vater, nicht vergessen: seine kleine Erinnerung werde ich mir die Freiheit nehmen, hierher zu schicken; aber soll ich die Schachtel mit den anderen Sachen zu Mr. Ross oder hierher bestellen?" „Mrs. Ross und Joanna werden diesen Nachmittag bei mir verbringen", sagte Ellen; „wenn Sie sich also weiterhin so viel Mühe machen, werden wir unsere Geschenke begutachten, die, wie ich sagen darf, sehr elegant sind." „Ich danke Ihnen tausendmal, dass Sie meine Anmaßung nicht getadelt haben, mir einzubilden, ich könnte einen Hut für Sie aussuchen . Ich werde die Schachtel gleich schicken, und wenn der Inhalt begutachtet wurde, darf ich mich dann Ihrer kleinen Gruppe anschließen und mit Ihnen spazieren gehen?" „Sicher; wir freuen uns über Ihre Gesellschaft." Mordaunt ging bald darauf fort, obwohl Powis , der hereinkam und sich von Herzen zu freuen schien, ihn zu sehen, ihn drängte, beim Abendessen an ihrem einfachen Essen teilzunehmen, aber Mordaunt versprach, am Nachmittag wiederzukommen, lehnte es ab, dann zu bleiben. Powis hatte keine Angst um seine Tochter: sein offenes, gastfreundliches Wesen machte ihn immer bereit, den Fremden zu empfangen, und er sah nicht tief genug in das menschliche Herz, um zu vermuten, dass jemand, der wie Mordaunt von Natur aus so außerordentlich begabt und durch die Kunst vervollkommnet war, einen zwingenden Grund haben musste , sich für zwei oder drei Monate in den Wäldern von Llanwyllan niederzulassen . Er war ehrlich, einfach und leichtgläubig und glaubte blind, was Mordaunt ihm über seine Gesundheit und die Freude erzählt hatte, die er an der wilden Landschaft rund um das Dorf hatte. Da er mit seiner Gesellschaft zufrieden war, hätte er ihn gern als ständigen Bewohner seines Hauses gehabt. Dennoch vergötterte er Ellen und schätzte sie sehr. Er bildete sich jedoch ein, dass Charles Ross ihre Zuneigung gewonnen hatte, und sah ihrer Heirat mit ihm wie einer festen Sache entgegen. Ellen fühlte sich beim Thema des Hutes ein wenig unbehaglich, denn sie hatte Mrs. Ross oder Joanna gegenüber nie erwähnt, dass Mordaunt am Abend vor seiner Abreise aus Llanwyllan zwei oder drei Stunden auf der Farm verbracht hatte ; was den Strohhut betraf, so war dieser in Wirklichkeit nicht beschädigt, obwohl er sich vornahm, er sei verdorben, um einen neuen Hut bestellen zu können; sie wollte den Umstand daher überhaupt nicht erwähnen, da sie Mrs. Ross' scharfe Fragen und Joannas Blicke fürchtete; tatsächlich wollte sie die geplanten Geschenke nicht erwähnen und war halb entschlossen, überrascht zu wirken , wenn die Schachtel ankam: Ihre natürliche Abneigung gegen Täuschung hielt sie jedoch von diesem Versuch ab, obwohl Joannas Verhalten in letzter Zeit sie eine Zurückhaltung gelehrt hatte, die sie ihr gegenüber nie zuvor empfunden hatte. Sobald das Abendessen vorbei war, ging Ellen in ihr Zimmer, wo sie sich ungewöhnlich viel Mühe gab, sich so schön anzuziehen, wie es ihre sehr bescheidene Garderobe erlaubte; ein oder zwei hübsche, schlichte weiße Kleider waren alles, was ihre Pracht ausmachte. Mrs. Ross erlaubte Ellen oder Joanna selten, etwas Besseres als einen grauen Stoff oder klein bedruckten Kattun zu tragen, und doch zog sie an diesem Nachmittag, trotz der zu erwartenden Rüge, ihr allerbestes weißes Kleid an. Ihr Haar war hübsch und fein unter einer Kappe frisiert, die kleiner war als die, die sie normalerweise trug. Denn ohne Kappe oder Hut zu gehen, war nach Mrs. Ross' Ansicht recht gewagt und unangebracht. Weder Joanna noch Ellen hatten jemals eine Feder oder künstliche Blume gesehen, außer einmal, als sie noch Kinder waren, als Powis sie für ein paar Tage nach Carnarvon mitgenommen hatte, wo einige davon ausgestellt waren; aber was das Tragen von Blumen angeht, hätten sie genauso gut daran gedacht, Diamanten anzuziehen, so sehr unterschieden sich ihre schlichten Vorstellungen von denen der sehr feinen Damen, die wir heute jeden Tag mit ihren Ohrringen und Halsketten, feinen Spitzenrüschen, grünen Schleiern und Sonnenschirmen zum Markt gehen oder reiten sehen: Erwarten Sie sie bald, mit Lakaien auf den Fersen. Doch Powis hätte seiner Tochter tausend Pfund geben können; und Ross, obwohl nicht reich, stand in einer Lebenslage, die Joanna berechtigt hätte, ein paar kleine Verwöhnungen zu erwarten, an die sie jedoch nicht einmal dachte. Zwei oder drei kleine Schleifen aus blassrosa Bändern waren die einzige Verzierung von Ellens Kappen, und ihre schlanke Taille war von einer kurzen Schärpe in der gleichen Farbe umgeben ; ein Strauß aus späten Rosen und Jasmin lag auf ihrer Brust; und die sanfte Erregung ihres Gemüts belebte ihre Augen und ihren Teint: sie sah herrlich lieblich aus; so frisch – so neu – so strahlend – der Dichter hätte von ihr sagen können – „sie sah aus wie die Natur im ersten Frühling der Welt." Sie hatte gerade ihren Blumenstrauß fertiggestellt, als Mrs. Ross und Joanna ankamen; erstere mit einer neuen Auswahl an Arbeiten, die für Ellens Fertigstellung vorbereitet waren, die seufzte, als sie die Menge sah, die noch auszuführen war . „Du meine Güte, Ellen", sagte Mrs. Ross; „du bist so fein gekleidet wie eine Dame; man könnte meinen, du gingest zu einer Hochzeit oder Taufe. – Ich hoffe, du hast heute nicht Mrs. Price und Mrs. Howel eingeladen" (die Frauen zweier benachbarter Bauern, die ein- oder zweimal im Jahr mit Ellen und den Ross'n Tee tranken), „denn ich bin in meinem alten Kleid gekommen und Joanna in ihrer alltäglichen Baumwolle: warum, Kind, bist du so schick angezogen?" „Ich weiß nicht, Ma'am: Ich dachte, mein buntes Kleid wäre schmutzig, und der Tag war so schön und warm, ich dachte, es wäre kühler." „ Umph ", sagte Mrs. Ross, sah sie mit vor Neugier geschärften Augen an und nickte dann Joanna zu, als wollte sie sagen, Sie sehen, ich hatte recht. Sie hob den Kopf und schwieg einen Moment; dann zeigte ihre nächste Frage, welche Wendung ihre Gedanken genommen hatten, und sagte: „War Mr. Mordaunt hier?" „Ja, Ma'am", sagte die arme Ellen und errötete knallrot. „ Umph ", sagte Mrs. Ross wieder und nickte Joanna wieder zu. Joanna sah Ellen verschmitzt an und fügte hinzu, während sie sich das Lachen kaum verkneifen konnte: „Und seine Frau?" „Nein", sagte Ellen, sah zu Joanna auf und lächelte, denn sie konnte nicht anders, als sich über die Seltsamkeit ihres Tons und Blicks zu ärgern . Gerade in diesem Moment kam das Dienstmädchen mit einem kleinen Päckchen und einer großen Hutschachtel herein, die, wie sie sagte, ein Junge von Dame Grey mitgebracht hatte. „Gott segne mein Herz", sagte Mrs. Ross, „das ist genau die Schachtel, die ich bei Mr. Mordaunt gesehen habe und die mich glauben ließ, er sei verheiratet." Ellen erklärte so gut sie konnte, aber sicher nicht sehr deutlich, was der Inhalt war; und Joanna war so amüsiert über die Absurdität des Gerüchts, das durch eine solche Kleinigkeit ausgelöst wurde, dass sie in einen lauten und unkontrollierbaren Lachanfall ausbrach, in den Ellen herzlich einstimmte; und obwohl Mrs. Ross schimpfte und ganz wütend war, dass sie nicht aufhörten zu lachen und die Schachtel öffneten, lachten sie weiter, als die Tür aufging und Mordaunt hereinkam . Er nahm an, die Schachtel sei eine Stunde zuvor empfangen und geöffnet worden, da er nicht wusste, dass sein Bote nebenbei angehalten hatte, um zu spielen, und war ganz erstaunt, sie darum versammelt zu sehen, die beiden Mädchen lachend und Mrs. Ross halb schimpfend und halb lachend. Er zog sich hastig zurück; aber seine Anwesenheit wirkte wie ein elektrischer Schock auf die ganze Gesellschaft. Ellen war halb beschämt; und Mrs. Ross und Joanna, die immer eine gewisse Ehrfurcht vor der Würde seines Benehmens empfanden, hatten Angst, er könnte sich beleidigt fühlen: Erstere versuchte, den Grund für ihre Heiterkeit zu erklären; und Mordaunt hörte kaum, was zu dem Bericht geführt hatte, der ihn so verwirrt hatte, als er – „obwohl er nicht an Lachlaune gewöhnt war", seine Fassung nicht bewahren konnte. Die Erklärung war ihm jedoch nicht unangenehm , denn er hatte nicht erraten können, wie ein Bericht über ihn, ob wahr oder falsch, nach Llanwyllan gelangt sein konnte . Die Kiste wurde nun geöffnet , eine Zeremonie, bei der Mordaunt gern nicht anwesend gewesen wäre, obwohl er natürlich sehen wollte, ob der Hut Ellen stand.

Beide Hüte waren aus Stroh und von gleicher Schönheit; aber der für Ellen bestimmte hatte eine elegante Schlichtheit in der Form, die eigens für sie gemacht schien. Ganz unten in der Schachtel fand sich ein Päckchen, das für Mrs. Ross bestimmt war und ein schönes dunkles Sarsnet als Kleid enthielt, von dem die gute Dame so entzückt war, dass sie Mordaunt geradezu mit Danksagungen und Komplimenten überschüttete, denen er jedoch Einhalt gebieten wollte, indem er verlangte, die Hüte auf ihren jeweiligen Besitzern zu sehen.

„Ich bin nicht so gekleidet, dass ich einen solchen Hut tragen könnte", sagte Joanna und warf Ellen einen Blick zu; „aber –" „Ja", sagte Mrs. Ross, „das stimmt: Ich glaube, Sie wussten, dass Ihr Hut mit blassrosa besetzt war, Ellen, und haben diese Bänder absichtlich angebracht, damit er dazu passte." „Nein, wirklich nicht", sagte Ellen, halb gekränkt über den Vorschlag. Mordaunt sah, mit welcher ungewöhnlichen Sorgfalt sie geschmückt war , und konnte nicht anders, als sich darüber zu freuen. Er selbst war mit besonderer Schönheit gekleidet und hatte wirklich eine ebenso schöne und feine Figur wie Ellen schön war. Die Hüte wurden anprobiert und sehr gut aufgenommen . Ellen wurde tatsächlich, wenn möglich, durch ihre verbessert . Das Paket für Powis enthielt einige schöne Silbergegenstände, die ihm wahrscheinlich nützlich sein würden; und Mr. Ross' Bücher, die an das Pfarrhaus geschickt wurden , bestanden aus Eschylos , Euripides und Sophokles, einheitlich und elegant gebunden und in hervorragender Ausgabe. Somit schien der Geschmack aller Beteiligten berücksichtigt worden zu sein und natürlich freute sich jeder über die nette Aufmerksamkeit.

KAPITEL VI.

Mir liegt das ganze Buch der Natur offen vor ,
und es ist meine einzige Freude , seine lehrreichen Seiten zu lesen
oder mir dabei Inspiration zu holen und
eine leichte Passage zu übersetzen .

Sie liebte , aber ihre arglose Leidenschaft war so , dass sie
wie im Morgengrauen der Zeit das Herz
mit Unschuld und unverstellter Wahrheit erfüllte .

Thomsons Jahreszeiten.

Von dieser Zeit an besuchte Mordaunt die Llanwyllan Farm regelmäßig, und trotz Mrs. Ross' erwartetem Tadel führte Ellen, obwohl immer sanft, bescheiden und unterwürfig, sicherlich nicht alle Handarbeiten aus, die ihr aufgetragen waren. Schlimmer noch: Bauer Howels Frau erklärte, sie habe nicht mehr als die Hälfte der üblichen Zahl Hühner, die sie für Ellen Powis zum Markt bringen müsse. Und als Mrs. Ross darum bat, den Johannisbeerwein zu probieren, den sie unter ihrer eigenen Anleitung hergestellt hatte, stellte sie fest, dass dieser in letzter Zeit so schlecht behandelt worden war, dass er vollständig zu Essig wurde. Dies war ein schwerer Fehler, und Ellen reagierte schwer darauf, denn Mrs. Ross' Kritik war laut und scharf. Und wiederholt erinnerte sie Joanna daran, dass sie dies alles prophezeit hatte. Joanna ging manchmal mit Ellen spazieren und natürlich mit Mordaunt , denn sie schienen unzertrennlich, aber ihre Gespräche drehten sich häufig um Dinge, die sie nicht verstand, oder wurden von kurzen, leise geführten Dialogen unterbrochen, für die ihre Anwesenheit eine Unterbrechung zu sein schien. Dennoch konnte niemand sagen, dass Mordaunt sich Ellen gegenüber immer mit dem allergrößten Respekt und Joanna gegenüber höflich verhielt. Unter den anderen Wundern, die Mordaunt Ellen zeigte, wie wunderschönen Zeichnungen, Schmuckstücken für Herren usw., die für sie völlig neu waren, war eines, das in ihr nicht nur Bewunderung, sondern Entzücken erregte. Dies war sein eigenes Miniaturbild, wunderschön gemalt und eine verblüffende Ähnlichkeit. Ellen hatte buchstäblich noch nie ein Porträt gesehen, außer einigen alten verblichenen Familienfotos, die im Flur und im Treppenhaus des Hauses ihres Vaters hingen und einige der früheren Eigentümer darstellten; aber diese langweiligen, erbärmlichen Schmierereien vermittelten ihr kaum eine Vorstellung von der entzückenden Kunst der Porträtmalerei; und als sie diese sprechende und elegante Ähnlichkeit mit ihrer faszinierenden Freundin sah, war sie so bezaubert und hingerissen, dass Mordaunt sie, entgegen seiner ersten Absicht, bat, es zu behalten; und sie, die weder seinen Wert noch die Interpretation kannte, die die Welt davon hätte, dass sie das Bild eines Herrn annahm, nahm es ebenso bereitwillig an wie zwei oder drei Bücher und Zeichnungen, die er ihr geschenkt hatte; doch die Gefühle, mit denen sie dieses für sie begehrenswerteste Geschenk betrachtete, waren anders: Es war der Begleiter ihrer einsamen Stunden, und wenn es nicht gerade vor ihren Augen war, war es immer in ihrer Vorstellung gegenwärtig: und wenn Mordaunt abwesend war, lag sein Bild neben ihr; doch eine Art intuitives Gefühl ließ sie es aufgreifen und verstecken, wenn sich jemand näherte. Es ist offensichtlich, wie sehr diese Nachsicht jene Gefühle der Zärtlichkeit verstärkt haben muss, die jetzt so unwiderstehlich ihr junges und unschuldiges Herz befielen. Als der Herbst fortschritt und die Abende länger wurden, blieben Joanna und Ellen noch seltener zusammen. Mordaunt Man ging davon aus , dass er ständig auf der Farm war; und sogar die unaufmerksamen Frauen der Farmer begannen, seine Aufmerksamkeiten in Liebe umzumünzen und die Verbindung zwischen ihm und Ellen, die Powis zu führen beschloss, zu beenden. Eine leichte Erkältung gab Ellen einen Grund oder vielmehr eine Entschuldigung, zu Hause zu bleiben, als Mrs. Ross am Ende einer Woche beschloss, selbst auf die Farm zu gehen und zu sehen, wie es mit Ellens Arbeit weiterging. Auf der Straße traf sie Powis , und als sie fragte, ob seine Tochter zu Hause sei, sagte er: „Ja“ und fügte hinzu: „Ich glaube, es geht ihr nicht gut; sie ist erkältet und sieht blass aus. Wie kommt es, dass Sie und Joanna sie in den letzten zwei Tagen nicht besucht haben?“ „Nein“, sagte Mrs. Ross, „ich habe sie seit fast einer Woche nicht gesehen. Joanna war neulich hier, aber ich glaube, Ellen ist zu beschäftigt, um *unsere* Gesellschaft zu brauchen.“ „Wie meinen Sie das“, sagte Powis und sah überrascht aus , „warum ist Mr. Mordaunt nicht jeden Tag bei ihr?“ „Ja, das glaube ich – einen Teil des Tages – aber was soll Sie daran hindern, zu kommen? Er sagt, sie ist ein kluges Mädchen, und sie ist so begierig darauf, das zu lernen, was er Geographie oder etwas Ähnliches nennt, dass sie einen Großteil ihrer Zeit mit ihren Büchern und dergleichen verbringen, und ich kann nur sagen, dass ich meine Zeitung jetzt doppelt so gut genieße. Mr. Mordaunt und Ellen zeigen mir manchmal, wo sich die Armeen befinden, und haben mir auf den großen Karten, die er in unser Haus gebracht hat, erklärt, wo sich Frankreich, Spanien, England und so weiter befinden.“

„ Es ist alles sehr gut, Nachbar Powis , alles gut, wenn es Ihnen gefällt: Ich hoffe, Sie werden keinen Grund haben, es zu bereuen; aber ich fürchte, wenn Ihre Hemden und Strümpfe geflickt werden müssen, werden Ihnen diese neumodischen Methoden nicht mehr ganz so gut gefallen.“ „Natürlich geht das überhaupt nicht, wenn Ellen ihr Geschäft vernachlässigt; aber ich versichere Ihnen, sie ist sehr fleißig und sagt mir, sie steht jeden Morgen eine Stunde früher auf, um ihre Arbeit zu erledigen und Zeit zu haben, sich um ihre Bücher zu kümmern." „Nun, Nachbar , solange Sie zufrieden sind, möchte ich keinen Unfug stiften; aber sicherlich hat Mr. Ross es nie gebilligt, dass sie oder Joanna solche Dinge lernten; wenn er es getan hätte, hätte er sie zumindest ebenso gut unterrichten können wie Mr. Mordaunt ." „Sehr richtig; daran habe ich nicht gedacht – nun, wir werden mit Ellen darüber reden: Sie werden sie zu Hause finden; ich habe sie fleißig bei der Arbeit zurückgelassen: Sagen Sie ihr doch ein wenig, was Sie denken; Ich werde mich in allen Dingen von Ihnen und Mr. Ross leiten lassen, da Sie sich in solchen Angelegenheiten besser auskennen als ich." Dann trennten sie sich, und Mrs. Ross kam wenige Minuten später auf der Farm an. Als sie das gewohnte Wohnzimmer betrat, fand sie Ellen nicht bei der Arbeit, sondern umgeben von Büchern und Landkarten. Mordaunt saß neben ihr, ein Arm ruhte auf der Stuhllehne, während der andere damit beschäftigt war, mit dem Ende seines Bleistifts einige Linien auf der Karte nachzuzeichnen, auf die Ellen blickte. Sie war zu sehr in ihre Arbeit vertieft, um Mrs. Ross' Eintritt zu bemerken, die einen Moment innehielt, während sie Mordaunt sagen hörte: „Und hier, Ellen, hier ist Northampton – dies ist die Straße nach Aubyn Castle. und genau hier –" „Was hier?", sagte Ellen und legte eifrig ihren Finger auf die Stelle, an der ihrer Vermutung nach Mordaunts Wohnstätte stand. „Steht hier Ihr Haus?" „Ganz in der Nähe dieser genauen Stelle", antwortete Mordaunt , zog ihre Hand sanft weg und behielt sie in seiner eigenen, während seine ausdrucksvollen Augen auf ihr Gesicht gerichtet waren: „Ganz in der Nähe ist meine Residenz; aber es ist so weit von Llanwyllan entfernt , dass ich es allmählich verabscheue und den Gedanken daran fürchte, dorthin zurückzukehren. – Aber was tue ich?", sagte er mit einem tiefen Seufzer: „Oh, Ellen, ich wage es nicht, Ihnen alles zu erzählen, was ich denke!" Ellen errötete, seufzte, zog ihre Hand zurück, und als sie zufällig nach oben blickte, sah sie Mrs. Ross in der Tür stehen, mit Erstaunen, Ärger und Verdruss im Gesicht. Ellen zuckte zusammen, schrie fast und stand so hastig auf, dass sie beinahe den Tisch vor sich umwarf. „Du meine Güte, Ma'am", rief sie aus, „ich habe Sie nicht gesehen – ich wusste nicht –" „Nein, das wage ich nicht zu sagen, Miss Ellen; Sie waren viel zu beschäftigt, um mich zu sehen oder an mich zu denken: Ihre Dienerin, Sir. Ich bitte, Sie nicht stehen zu lassen; zumindest werde *ich* mich hinsetzen, denn *ich* gehe noch nicht."

Mit diesem sanften Wink wollte sie Mordaunt klarmachen , dass sie länger bleiben wollte als er; aber sie sah Ellen mit „Augen voller Zorn" an, und Ellen wurde so blass und sah so erschrocken aus, dass Mordaunt dachte, er würde Mrs. Ross zumindest Zeit geben, sich ein wenig abzukühlen, bevor er sie allein ließ. Ellen begann in großer Verwirrung, die Bücher und Karten zusammenzusuchen. „Es tut mir leid, Sie zu stören, aber ich habe nicht erwartet", sagte Mrs. Ross, „Sie zu dieser Tageszeit so beschäftigt vorzufinden, was auch immer Sie abends tun möchten . Ich traf Ihren Vater, und er sagte mir, Sie seien bei der Arbeit oder in der Molkerei beschäftigt; aber“, fügte sie leise hinzu, „an diese Dinge ist *jetzt nicht zu denken* .“ „In der Tat, Ma'am“, sagte Ellen errötend, während ihr die Tränen in die Augen stiegen, weil sie vor Mordaunt so belehrt worden war , „in der Tat, ich hatte gerade beendet, was ich heute in der Molkerei zu tun hatte, und hatte mit der Arbeit begonnen, die Sie von mir verlangten, als Mr. Mordaunt zufällig hereinkam und mir gerade die Karten zeigte, die wir uns letzte Nacht angesehen hatten und die im Fenster lagen —“ „Oh, es ist alles ganz gut“, unterbrach Mrs. Ross; „ich bin sicher nicht befugt, mich einzumischen, und möchte nicht unverschämt sein. Bitte, Sir“, fügte sie hinzu und wandte sich an Mordaunt , „ *bleiben Sie noch viel länger in Llanwyllan* ?“ „Also“, dachte Mordaunt , „ich bin als nächstes an der Reihe. Ich hoffe, Madam“, fügte er lächelnd hinzu, „ich werde nicht lange genug bleiben, um meine Freunde zu ermüden.“ „Oh, das wage ich zu behaupten , Sir; ich wage zu behaupten, dass Sie sich *dessen ziemlich sicher sind* .“ Dieser grobe und grausame Wink ließ Ellen tiefrot werden; und Mordaunt , dessen Gesicht scharlachrot war und dessen Augen vor einer Empörung funkelten, die er nur mit Mühe unterdrücken konnte, sagte in hochmütigem Ton: „Zumindest bin ich es nicht gewohnt, Madam, ein solches Unglück zu erleiden, und deshalb schmeichle ich mir, dass ich jetzt nichts getan habe, um es zu verdienen.“ Er erhob sich würdevoll, näherte sich Ellen, die fast bewegungslos dasaß, nahm ihre zitternde Hand, verneigte sich respektvoll darauf und sagte: „Ich werde mir die Ehre erweisen , Ihren Vater und Sie, Miss Powis , am Abend zu besuchen.“ Dann verbeugte er sich leicht vor Mrs. Ross und ging. „Guter Fehler, guter Fehler“, sagte Mrs. Ross, die, beeindruckt von seinem Benehmen, einen Moment geschwiegen hatte, „was für eine zierliche Rede! Die Ehre , Miss Powis zu besuchen ! Nun , was wird aus dieser Welt werden! Nun, Ellen, Kind, Sie sind eine verwöhnte Bäuerin und werden sich bald einbilden, Sie wären wirklich eine Dame.“ Ellen, deren Stimmung nun völlig niedergeschlagen war, weinte bitterlich und sagte: „Ich bin sicher, Madam, ich weiß nicht, womit ich es verdient habe, so behandelt zu werden.“

Durch ihre Not gemildert – denn trotz all ihrer Schärfe liebte Mrs. Ross Ellen und hatte ihr Wohl wirklich am Herzen –, begann sie nachzugeben und sagte sanfter: „Nun, Ellen, Kind, hör mir zu. Denkst du, es ist richtig oder ehrenhaft, dass ein junges Mädchen wie du ständig Besuch von einem Mann wie Mr. Mordaunt bekommt ? Sag mir, Ellen, wird er dich zu seiner Frau machen?“

Diese Frage hatte Ellen sich nie zu stellen gewagt. In der schönen Sprache Shakespeares, die Mordaunt ihr kürzlich beigebracht hatte und von der sie so entzückt war, gönnte sie sich oft nur drei Stunden Schlaf in der Nacht, um Zeit zum Lesen zu finden. Sie wiederholte oft vor sich hin:

―――― Es wäre alles eins,
wenn ich einen bestimmten hellen Stern lieben
und daran denken würde, ihn zu heiraten: Er steht so weit über mir;
in seinem hellen Glanz und seinem Nebenlicht
muss ich Trost finden, nicht in seiner Sphäre.

Diese Frage von Mrs. Ross traf ihr Herz mit einem Stich unaussprechlicher Qual, und sie fühlte sich fast sterbend, während sie zugab, dass Mordaunt ihr, weit davon entfernt, ihr die Hand anzubieten, nie ein Wort der Liebe zu ihr gesprochen hatte. Mrs. Ross war jedoch ziemlich erfreut über den letzten Teil dieses Geständnisses, denn sie begann, Schlimmeres für die unschuldige und arglose Ellen zu befürchten als die Eroberung ihres Herzens; das, so war sie sich sicher, bald wiedergewonnen werden könnte, wenn Mordaunt das Land verließ und Ellen keine weitere Bekanntschaft mit ihm machen konnte; aber sie hatte begonnen zu befürchten, dass seine Ansichten Ellen in Schande und Unglück verwickeln könnten; diese Ängste hatte sie jedoch genug Gefühl, um sie vor ihrem Gegenstand zu verbergen, und verweilte nur bei dem Ärger, den sie sich selbst bereitete, indem sie so viel ihrer Zeit und Aufmerksamkeit einem Mann widmete, der, wie es offensichtlich schien, nichts an sie dachte . Vergeblich murmelte Ellen das Wort „Freundschaft“ und beteuerte leise, dass weder Mordaunt noch sie selbst die geringste Ahnung von irgendetwas darüber hinaus hätten. Mrs. Ross, obwohl ihre Weltkenntnis nicht sehr umfangreich war, wusste genug, um von der Täuschung solcher Ansprüche überzeugt zu sein, und sie hörte nicht auf, bis sie der niedergeschlagenen Ellen das Versprechen entlockte, Mordaunt weniger zu sehen und so schnell wie möglich ihren früheren Lebensstil wieder aufzunehmen. „Und lass mich, Ellen, dich auch wieder blühend und fröhlich sehen“, sagte sie. „Ich wünschte von ganzem Herzen, dieser Mann hätte nie den Weg nach Llanwyllan gefunden : Du warst früher aktiv, fleißig und glücklich; keine Sorge, die dich beunruhigte, keine Mühe, die dir die Farbe nahm ; aber jetzt würde Charles dich nicht wiedererkennen.“ „Charles!“, dachte Ellen, während ein seltsames Gefühl, nicht ohne empörten Vergleich, ihr Herz anschwellen ließ und ihre Wangen vorübergehend rot werden ließ. "Was bedeutet mir Charles? Warum soll ich immer wegen ihm gehänselt werden ? Sie werden mir beibringen, ihn zu hassen, anstatt ihn zu lieben." "Nun, Ellen, darf ich annehmen, dass Sie meinen Rat befolgen?" "Sicher, Ma'am", sagte Ellen mit einem tiefen Seufzer; "aber", fügte sie zögernd hinzu, "wissen Sie, Ma'am, Mr. Mordaunt sagte, er würde heute Abend hier sein. Sie würden mich nicht wünschen - es würde sehr eigenartig, sehr unhöflich aussehen." "Das ist egal. Kommen Sie, Sie sagen, Sie haben alles getan, was Sie in der Molkerei zu tun hatten, also setzen Sie Ihren Hut auf, nehmen Sie Ihre Arbeit und kommen Sie und essen Sie mit uns wie ein braves Mädchen, wie Sie es immer waren; Sie können ihm mitteilen, dass Sie ausgehen mussten, und je früher Sie ihm zeigen, dass Sie entschlossen sind, ihn zu meiden, desto besser." Ellen wagte es nicht, abzulehnen; sie zögerte mit einer Entschuldigung wegen des Alleinessens ihres Vaters, was Mrs. Ross mit der Bemerkung abwehrte, er würde nur nach Hause rennen, sein Abendessen einnehmen und wieder ausgehen und sie nicht brauchen. Während die arme Ellen ihren Hut aufsetzte und ihre Augen badete, schleppte sie sie mit sich fort und hielt sie den ganzen Tag im Pfarrhaus fest. Unter dem Vorwand , ihre Arbeit zu beenden, ließ sie weder Ellen noch Joanna hinaus, obwohl das Wetter schön war. Spät am Abend kam Mr. Ross herein; er sprach mit so besonderer Freundlichkeit und in so beruhigendem Ton zu Ellen, dass die Tränen, die sie den ganzen Tag nur mit Mühe zurückgehalten hatte, ihre Wangen hinunterliefen, und sie stand hastig auf, unter dem Vorwand , den Mond anzusehen, und ging zum offenen Fenster: Dort lehnte sie ihren Kopf über die Fensterbank, in die der Jasmin kroch, und hoffte, die Ströme von Tränen, die sie vergoss, könnten unbemerkt fallen; aber der gute Ross, der ihr gefolgt war und nun in geringer Entfernung von ihr stand, erkannte an ihrer Haltung und ihrem Verhalten, dass sie weinte, obwohl es niemand sonst bemerkte; denn Ellens Tränen waren

„Stummer, stiller Kummer, frei von weiblichem Lärm ,
wie ihn die Majestät der Trauer zerstört."

Er war betrübt, als er ihren Kummer sah, und er näherte sich sanft, nahm ihre Hand (während sie, halb erschrocken, den Kopf zur Seite drehte) und sagte: „Meine liebe Ellen, es tut mir leid, dich so niedergeschlagen zu sehen; versichere dir, wir lieben dich wie unser eigenes Kind und würden in allen Dingen dein Glück im Auge haben. Aber denke, meine Liebe, über die Veränderung nach, die ein paar kurze Wochen gebracht haben: dieser Mann, dieser Mordaunt ; nein, erröte nicht, Ellen; denn wer kann bezweifeln, dass du seinetwegen weinst – ich bekenne, dass er von eleganter Person ist, von kultivierten Manieren,

„Vollkommen in Person und Geist ,
mit aller Gnade, um einem Gentleman Ehre zu erweisen!"

„Aber was war er für dich? Ein Freund! Nein, Ellen; er fand dich fröhlich, zufrieden mit deinem Schicksal und glücklich beschäftigt mit den aktiven Pflichten deines Standes. Was hat er für dich getan? Er hat dir Ansichten eingeflößt, die über den Stand hinausgehen, in den dich die Vorsehung gestellt hat. Er hat deine früheren nützlichen Beschäftigungen, deine früheren einfachen Freunde für dich fade gemacht; er hat versucht, deinem Geschmack ein gewisses Maß an Verfeinerung zu verleihen, deinen Gefühlen ein gewisses Maß an Zartheit, wozu dich die Natur, wie ich wohl weiß, vollkommen fähig gemacht hat; aber wenn er dich nicht auf einen Boden verpflanzen will, wo diese Blumen gedeihen können, dann hat er dir, glaube mir, Ellen, keinen Gefallen getan. Er hat dir nur Jahre der Qual, des eitlen Bedauerns, der nutzlosen Unzufriedenheit bereitet, die für immer nicht nur das Glühen auf deinen Wangen zerstören werden, sondern auch die Spannkraft und Elastizität deines Geistes. Ich werde dich nicht fragen, was seine Berufe sind ; ich nehme nur an, dass sie deinem Vater und deinen Freunden nicht fremd wären, wenn sie ernst gemeint sind."

Hier sank Ellen in einen Stuhl und schluchzte laut. Mrs. Ross und Joanna, die sahen, dass Ross mit ihr sprach, hatten sich aus dem Zimmer geschlichen. „Es tut mir leid, dich zu betrüben, mein liebes Mädchen", sagte der wohlwollende Ross, und seine sanfte Stimme wurde zitternd; „aber, Ellen, lass dir von meiner Erfahrung profitieren. Es gibt Charaktere auf der Welt, von denen deine unschuldige Natur keine Vorstellung haben kann. Ich werde weder dein Feingefühl noch meinen eigenen Glauben verletzen, wenn ich auch nur einen Augenblick lang annehme, dass Mordaunt einer jener Schurken ist, die die Unschuld verführen wollen."

Hier sprang Ellen von ihrem Stuhl auf. Ihre gefalteten Hände, ihre glühenden Wangen und ihre pochende Brust zeugten von einer empörten Erregung, die sie nicht kontrollieren konnte . Ross, der sie sanft wieder auf den Platz setzte, sagte: „Ellen, ich tue dir kein Unrecht; ich tue ihm kein Unrecht, auch wenn ich mir eine solche Möglichkeit vorstellen könnte; aber es gibt Männer, die, obwohl sie nicht so entschieden zur Schuld führen, doch so sicher zu akutem Elend führen, wie es nur Schuld tun kann: und das nur zur Befriedigung einer gemeinen und schmutzigen Eitelkeit, die für diejenigen, die ihre Auswirkungen nicht erlebt haben, unvorstellbar ist. Ich hatte einmal eine Schwester, Ellen, die fast so schön war wie du, so sanft und so tugendhaft ; sie besaß eine Sensibilität, die zugleich ihre Anmut und ihr Unglück war. In jungen Jahren traf sie das Glück, einem dieser geübten Betrüger zu begegnen, der die überlegensten Talente mit den bezauberndsten Manieren verband. Durch eine lange Reihe ruhiger und stiller Aufmerksamkeiten, indem er ihre Vorlieben studierte und ihr seine Zeit widmete, ließ er sie und alle, die sie kannten , glauben, er sei ihr Liebhaber und würde ihr Ehemann werden, ohne ihr jemals ein Wort der Liebe zu sagen. Schließlich man sagte ihr, dies sei sein übliches Vorgehen, wenn er eine Frau traf, die den Frauen in ihrer Umgebung überlegen war; aber sie war empört über die Anschuldigung und wollte sie nicht glauben, bis man ihr diesen Glauben aufzwang, indem sie sah, wie er mit einer anderen dasselbe Thema besprach. „Sie schmachtete in Gedanken"; und eine hektische Klage, der sie ausgesetzt war, überkam sie schnell. Ein gemeinsamer Freund kam zu einer Erklärung mit ihm, während der gemeine Schurke erklärte, er habe ihr gegenüber nie etwas gestanden und nie auch nur daran gedacht, sie zu heiraten; aber die Welt würde reden, und er wunderte sich, dass sie es nicht verachtete, wie er es tat. Ein paar Monate endeten die Existenz des verletzten Geschöpfs. Süße Emily! Dein sanfter Geist floh in jene Regionen, wo dich kein Betrug mehr verraten konnte. Der Schurke fand schließlich sein Schicksal in einem Duell mit dem Bruder einer Person, die er zu täuschen versucht hatte, wie er es mit der unglücklichen Emily getan hatte." Ross' Stimme versagte hier und beide schwiegen. „Seien Sie versichert, Ellen", fuhr Ross schließlich fort, „ich war nicht blind für Ihre Talente und Ihre Liebe zum Wissen; und ich habe oft gegen den starken Drang angekämpft, Ihre Lehrerin zu werden. Meine eigenen Kinder hatten, das sah ich leicht, nicht solche Geister wie Sie, und ich sehnte mich danach, Ihren lebhaften Verstand zu fördern. Ich widerstand, obwohl die Versuchung durch den Wunsch verstärkt wurde , mir einen zukünftigen Gefährten und Assistenten für die Studien zu sichern, die ich am meisten liebte. Warum, Ellen, widerstand ich? Was war das starke Motiv, das mich davon abhielt, solchen gemeinsamen Verlockungen nachzugeben? Es war der Wunsch, Ihr Wohlergehen und Ihr Glück zu sichern, was meiner Meinung nach am sichersten dadurch erreicht werden würde, dass ich Ihre Kenntnisse auf etwas wie eine Gleichheit mit denen beschränkte, unter denen Sie zu leben schienen. Ich habe mich vielleicht in meinem Urteil geirrt; und da Ihre Neigung so entschieden auf den Erwerb von Wissen ausgerichtet ist, bin ich bereit anzunehmen, dass ich dies getan habe. Ich werde dann, Ellen, Ihr Tutor sein: Wir werden, mit Mrs. Ross' Hilfe, Ihre Stunden so einteilen, dass Ihre neuen Beschäftigungen Ihre häuslichen Pflichten nicht beeinträchtigen; und lassen Sie mich hoffen, meine Liebe, dass dieselbe Geistesstärke, die Sie so eifrig zu literarischen Beschäftigungen führt, sich darin zeigen wird, jedes Gefühl zu besiegen, das zu zärtlich für Ihren Frieden ist und das von jemandem geweckt worden sein könnte, der, wie ich fürchte, nur seine eigene Befriedigung im Auge hatte. Sollte ich ihm Unrecht tun – sollte er später beweisen, dass er eine aufrichtige Zuneigung für Sie empfindet und Ihr Glück sucht, wird meine Freude groß sein: keine selbstsüchtigen oder persönlichen Erwägungen werden meine Wünsche in dieser Angelegenheit beeinflussen. Ich hatte gehofft, dass Charles mit dem Objekt seiner ersten Zuneigung glücklich gewesen sein könnte; aber ich sehe, dass dies *derzeit nicht* wahrscheinlich ist: fürchten Sie daher keine Verfolgung in dieser Angelegenheit, weder von mir noch von seiner Mutter und Schwester."

Ross schwieg. Und Ellen, die bisher aus einer Mischung von Stolz, Bedauern und Zärtlichkeit, die ihr das Herz schwellen ließ, so geschwiegen hatte, sagte nun aus Furcht, mürrisch zu wirken, mit schwacher Stimme: „Sie sind sehr gut und freundlich. Ich werde alles sein, was ich kann – alles, was Sie, wenn möglich, von mir erwarten."

Ross, der sah, dass die Vielfalt der Gefühle, die sie an diesem Tag durchlebt hatte, sie völlig erschöpft hatte, riet ihr, sich zu Bett zurückzuziehen. Sie schlafe dort besser und am Morgen würden sie noch ein wenig weiter über ihre Zukunftspläne sprechen. Ellen, so ungern sie es auch tat und so sehr sich ihr rebellisches Herz auch danach sehnte, nach Hause zurückzukehren, in der Hoffnung, Mordaunt zu sehen , wenn auch nur für eine Minute, fühlte doch, dass Ross so freundlich und so weise gehandelt hatte, dass seine Überlegungen so auf Wahrheit beruhten, dass sie beschloss, „ihm nach besten Kräften zu gehorchen". Sie zog sich daher in das Zimmer zurück, das sie und Joanna so oft bewohnt hatten, als keine Sorgen ihre Ruhe störten, als „der Schlaf auf ihren Augen saß, Frieden in ihrer Brust". Aber ach! wie verändert! Erschöpft, blass und mutlos; ihre Augen schwer vom Weinen; ihr Herz aufgewühlt von tausend widerstreitenden Gedanken, suchte Ellen lange vergeblich nach Ruhe. Joanna war ungewöhnlich freundlich und liebevoll – sie sagte wenig; und alles, was sie sagte, war zärtlich und liebevoll. Ellen war für diese Güte wirklich dankbar und ihre Liebe zu ihrer alten Freundin erwachte wieder, jetzt, da die Rauheit, die sie gemildert hatte, wieder einmal abgelegt war. Endlich, völlig erschöpft von den Ereignissen des Tages, kam ihr „der milde Schlaf, der freundliche Erfrischer der müden Natur", zu Hilfe, „und versenkte ihre Sinne in Vergessenheit."

KAPITEL VII.

Trauer lastete schwer auf ihrem Herzen ,
und Tränen begannen zu fließen!
Sanft wie der Tau, der vom Himmel herabfällt ,
fielen seine sanften Töne.

Goldschmied-Einsiedler.

Am Morgen ließen Mrs. Ross und Joanna Mr. Ross und Ellen für ein paar Minuten allein: Er zog seinen Stuhl dicht an ihren heran und sagte: „Glauben Sie nicht, Ellen, ich möchte Sie ärgern oder beunruhigen; aber sagen Sie mir, wäre es nicht besser, wenn Sie vorläufig unser Gast blieben? Wenn Sie allein in Llanwyllan sind, können Sie Mr. Mordaunt nicht ohne eine Besonderheit den Zutritt verweigern , die man auf jeden Fall besser vermeiden sollte: Aber hier können Sie ihn, selbst wenn er kommt, mit Anstand empfangen; und wenn er keine Gelegenheit findet, Sie allein zu unterhalten, wird er uns wahrscheinlich nicht mehr besuchen und Llanwyllan vielleicht ganz verlassen." Seine milden, ausdrucksvollen Augen blickten über Ellens Gesicht: Er sah, wie sie vor dem schmerzlichen Gedanken, den er hervorgerufen hatte, zusammenzuckte und zitterte; und während jedes ihrer Züge die härteste Qual ausdrückte, seufzte der gute Mann leise, wandte seine Augen von ihrem Gesicht ab und versuchte , sein Wissen um ihre Not zu verbergen. Während er auf ihre Antwort zu warten schien, unternahm Ellen eine große Anstrengung und sagte: „Der Plan, den Sie vorschlagen, Sir, ist zweifellos der beste: Wenn Sie sich mit mir belästigen lassen, werde ich so lange bleiben, wie Sie möchten." Nachdem diese Angelegenheit geklärt war, unternahm Ross es, Powis zu versöhnen , damit er Ellen für kurze Zeit verschonte; und als er ihre Befürchtungen in ihrem Gesicht las, sagte er leise: „Fürchte dich nicht: Ich werde ihm ausreichende Gründe nennen, ohne sein Missfallen oder auch nur seinen Verdacht hinsichtlich unserer wahren Motive zu erregen." Ross ging dementsprechend zur Farm und als er Powis auf einem der Felder in der Nähe des Hauses traf, erzählte er ihm, dass es Ellen nicht ganz gut ging, obwohl es ihr besser ging als am Abend zuvor, und dass seine Frau sie deshalb ein paar Tage im Pfarrhaus behalten wollte, um ihre Erkältung auszukurieren, und dass sie selbst für ein oder zwei Stunden die Farm besuchen würde, um die Angelegenheiten der Molkerei, des Geflügelhofs usw. zu regeln, und dass sie sich sehr freuen würden, ihn am Abend oder bei einer ihrer Mahlzeiten zu sehen, wenn er es möglich machen könnte. Diese kleinen Abmachungen zwischen den beiden Familien waren bis vor kurzem so häufig gewesen, dass Powis nicht im Geringsten überrascht war, obwohl er zugab, dass es ihm leid tat, dass Ellen am Abend zuvor nicht nach Hause gekommen war, da Mr. Mordaunt darüber ziemlich gekränkt gewirkt hatte. „Und er war so höflich und freundlich, wissen Sie, Nachbar Ross, dass man ihn nicht beleidigen möchte.“ Dieser gute Mann war so vollkommen arglos, dass ihm kein Gedanke an die mögliche Absicht von Mordaunts Besuchen kam; und da er sich Ellens eingebildeter Zuneigung zu Charles Ross sicher war, träumte er nie davon, dass sie an einen anderen Mann denken könnte. Ross stimmte dem, was er gesagt hatte, schweigend zu und ging dann ins Haus, um dem Diener einige Anweisungen zu überbringen, und Mrs. Ross, sagte er, sollte im Laufe des Tages selbst nachsehen, ob sie ausgeführt würden. Im gemeinsamen Wohnzimmer fand Ross die Karten und Bücher, die Mordaunt und Ellen am Vortag betrachtet hatten (seine Frau hatte ihm die Umstände ihres Besuchs erzählt): Er war ziemlich überrascht über die Sauberkeit und sogar Eleganz ihrer Bindungen, obwohl es sich nur um Schulbücher in Geographie und Grammatik handelte, und stellte fest, dass die Karten ausgezeichnet und teuer waren. Am Fenster lagen ein oder zwei wunderschön gebundene Bände von Shakespeare, Thomsons Jahreszeiten, mit Markierungen und Unterstreichungen bei der Beschreibung von Lavinia , Cowpers Gedichte und zwei oder drei andere; in allen stand geschrieben: „Ellen Powis , das Geschenk ihres Freundes Constantine“. Und in zwei oder drei waren kurze Passagen auf Italienisch und Französisch, in kleiner Handschrift mit einem Bleistift geschrieben, die Bewunderung und Hochachtung ausdrückten und offensichtlich auf Ellen bezogen waren. Aus einem von ihnen fiel das Folgende

Strophen zum Mond.

Oh, du strahlender Mond! Dessen Strahlen, wie schön sie auch waren,
sahen meine traurigen Augen noch vor Kurzem unbeachtet;
Dessen beruhigendes Licht
meine schwere Seele so vergeblich aus seiner unaufhörlichen Sorge zu
ziehen suchte;
ich bitte dich nun, Zeuge zu werden, dass die blasse Verzweiflung,
ihre trostlose Herrschaft über meinen Geist,
widerstrebend nachgibt und die Hoffnung beginnt,
das Reich meiner Seele mit gütigen Visionen zu teilen!

Mit weichen Gefühlen blicke ich auf deine Strahlen,
und ihr milder Einfluss schleicht sich in mein Herz,
zauberhafte Visionen erwecken sich in meiner Brust,
süße Freundschaft kommt, um ihre Segnungen mitzuteilen:
In Ellens Gestalt kommt sie! Oh, schönste Gestalt!
Oh, süßeste Stimme, die der von Kummer geplagten Seele

je ihre Sorgen stahl, je den schlagenden Sturm
des Kummers aufhören ließ und jedes Leid unterdrücken konnte !

Mehrere Löschungen und Zwischenzeilen wiesen darauf hin, dass es sich um
ein Original und vermutlich eine unvollendete Aufführung handelte.

Ross sah in all dem neuen Grund zur Beunruhigung: Er wunderte sich nicht
mehr über die Fortschritte, die dieser einschmeichelnde Mann in Ellens
Zuneigung gemacht hatte, und wünschte sich inständig, Mordaunt hätte sie
nie gesehen oder sie zu seiner Frau erwählt. Doch selbst in diesem Fall gab
es etwas zu bedenken: Sie wussten nichts von Mordaunt , außer dem, was er
ihnen erzählt hatte. Es war sicherlich etwas Zweideutiges in der völligen
Zurückgezogenheit eines solchen Mannes von der Welt: Er war vielleicht
eher durch seine Laster als durch sein Unglück aus ihr vertrieben worden:
Doch in Mordaunts Aussehen und Manieren lag eine Aufrichtigkeit, eine
Erhabenheit in der Haltung, die nicht wie die eines erniedrigten und von
Schuld gebeugten Mannes aussah. Während Ross so nachdachte, kam
plötzlich Mordaunt herein – seine Augen funkelten und seine Wangen
glühten: denn als er jemanden im Salon sich bewegen hörte und Powis in
einiger Entfernung auf den Feldern sah , schloss er, dass es niemand anderes
als Ellen sein konnte: sein ungeduldiger Schritt, seine ausgestreckte Hand
und sein erfreutes Gesicht erklärten Ross sofort, was er erwartet hatte. Als
er ihn sah, wich Mordaunt halb zurück und rief: „Ich dachte –" Dann fasste
er sich, trat wieder vor, reichte Mr. Ross die Hand und sagte mit großer
Herzlichkeit: „Mein lieber Herr, ich freue mich, Sie zu sehen: es ist schon
eine Weile her, seit wir uns getroffen haben." In Mordaunts Stimme und Art
lag ein Charme, dem nur wenige widerstehen konnten, wie unfreundlich sie
ihm auch gesinnt waren. Ross, der von Anfang an mit ihm zufrieden gewesen
war, obwohl er jetzt wegen Ellen wütend war, konnte sich dennoch nicht
dazu durchringen, unzufrieden zu erscheinen; dennoch lag eine Kühle in
seinem Ausdruck, die für einen so scharfsinnigen Beobachter wie Mordaunt
deutlich genug sichtbar war . Was auch immer sein Motiv war, er wollte es
nicht zur Kenntnis nehmen, sondern sprach weiter offen und lebhaft und
fragte nach Mrs. Ross und Joanna. Schließlich ließ er seinen Blick durch das
Zimmer schweifen und sagte: „Sind Sie heute Morgen allein, mein guter
Herr? Ich habe erfahren, dass Miss Powis letzte Nacht bei Ihnen geschlafen
hat: Ich hoffe, sie ist nicht krank?" Trotz der gespielten Gelassenheit seines
Blicks und der geheuchelten Gleichgültigkeit seines Tons sah Ross deutlich,
dass Mordaunt diese Frage mit echter Besorgnis stellte; aber über das wahre
Motiv dieser Besorgnis war er äußerst skeptisch. Er antwortete etwas kühl:
„Ellen geht es sicherlich nicht ganz gut, und Mrs. Ross glaubt, dass sie *im
Moment* in ihrer eigenen Obhut *am sichersten ist* ." Diese Rede, die einem
schuldigen Gewissen „mehr hätte sagen können , als es einem zu Ohren
kam", schien von Mordaunt wörtlich interpretiert worden zu sein ; und aus

seiner Deckung geworfen, zeigte er große Aufregung, während er ausrief: „Am sichersten! Großer Gott! Sie befürchten doch nicht etwa irgendeine Gefahr in ihren Klagen?" „Nicht ganz", sagte Ross (nicht unzufrieden mit seiner Wärme), „aber sie hat eine schlimme Erkältung, und Mrs. Ross hat eine hohe Meinung von ihren eigenen Fähigkeiten als Krankenschwester: Wir werden Ellen daher zumindest für ein paar Tage bei uns behalten. Wenn es ihr dann nicht besser gehen sollte, werde ich ihrem Vater raten, sie die Luft wechseln zu lassen."

Mordaunts Bestürzung zu vervollständigen : Er zitterte und wurde blass. Ross verbeugte sich, wünschte ihm „guten Morgen" und ging weg. Mordaunt folgte ihm nach kurzem Nachdenken hastig und versuchte , während sie gingen, ein allgemeineres Gespräch zu beginnen, offenbar in der Hoffnung, dass er nach Hause ging und dass er, wenn er mit ihm ging, Ellen sehen könnte: aber Ross wollte ein krankes Gemeindemitglied in einiger Entfernung besuchen. Mordaunt war daher gezwungen, sich an der Tür seiner eigenen Unterkunft von ihm zu verabschieden: Er wagte es, beim Abschied zu sagen: „Ich werde die nächste Gelegenheit nutzen, um nach meinen Freunden im Pfarrhaus zu fragen, Mr. Ross." Als Antwort darauf verbeugte sich Ross und sagte, wenn auch nicht sehr herzlich, er würde sich freuen, ihn zu sehen.

„Und muss ich das alles ertragen!", sagte Mordaunt , als sie sich trennten. „Worauf habe ich mich da herabgelassen? Doch dies und mehr, liebe Ellen, werde ich für dich ertragen! Doch zu welchem Zweck? Kann ich es wagen, dich mit einem Schicksal wie dem meinen zu verbinden? Doch kann ich dich verlassen oder es ertragen, so nahe zu sein und dich nicht zu sehen? Dass es mir verboten wird , mich dir zu nähern, zumindest durch Blicke, die es mir verbieten, den zornigen Blicken einer engstirnigen Frau zu begegnen und sogar von ihrem wohlwollenden Ehemann mit einer Kälte empfangen zu werden, die fast an Verachtung grenzt? Ja, Ellen, ich werde das alles ertragen! Wollte Gott, sie hätten uns uns selbst überlassen, bis sie sich ihrer Zuneigung völlig bewusst waren – sie hätten keine Angst haben müssen." So murmelte Mordaunt in abgehackten Sätzen , während er ungeduldig durch sein enges Zimmer schritt und fest entschlossen war, dass ihn nichts daran hindern sollte, Ellen zu sehen und festzustellen, ob Ross' Ängste um ihre Gesundheit nicht nur ein Vorwand waren , um sie zu trennen.

Der ganze Tag verging schwer für Ellen, doch Mrs. Ross und Joanna waren ungewöhnlich freundlich zu ihr: kein angedeuteter Zweifel, keine implizite Anklage gegen sie selbst und Mordaunt drang an ihr Ohr; aber ihr Herz war unruhig und ihre erzwungenen Beschäftigungen lästig. Sie sehnte sich danach, in ihrem eigenen ruhigen Wohnzimmer zu liegen , wo sie, wenn Mordaunt nicht kommen würde, zumindest ungehemmt an ihn denken könnte. Ross kehrte zum Abendessen zurück: Er nahm keine Notiz von

Ellens Niedergeschlagenheit und erwähnte auch nicht, dass er Mordaunt getroffen hatte ; sondern sagte ihr, er habe ihren Vater gesehen, der ganz zufrieden war, dass sie eine Weile bei ihnen bleiben und versuchen sollte, ihre Gesundheit wiederherzustellen, und dass er es für wahrscheinlich hielte, dass sie ihn am Abend sehen würden. Da der Nachmittag bemerkenswert klar und nicht zu warm war (denn der Herbst war zu diesem Zeitpunkt schon weit fortgeschritten), lud er die Mädchen ein, mit ihm spazieren zu gehen, anstatt ihre Arbeit wieder aufzunehmen, wozu Mrs. Ross ohne Murren ihre Zustimmung gab und nur bat, nicht zu weit zu gehen, da sie dachte, Ellen sei nicht stark genug, um große Anstrengungen zu ertragen. Dem stimmten sie zu, und Ellen fühlte, wie die ruhige, sanfte Luft sie wiederbelebte. Ross lenkte das Gespräch auf die Wunder der Natur: Er erklärte in vertrauter Sprache die Struktur einiger Blumen, die er gesammelt hatte, und ließ sie die Weisheit jenes Wesens bewundern, das diese so herrlich schönen Blüten geformt hatte. Anschließend sprach er über die Natur und Eigenschaften einiger seltener Pflanzen und war dabei so beredt und lehrreich, dass Ellen fühlte, wie ihr Herz leichter wurde und ein gewisses Maß an Freude ihren Geist erfasste. „Aber ach!", dachte sie, „warum nimmt Mordaunt nicht an diesem süßen Gespräch teil? Warum sind zwei Männer, die so gut dazu geeignet sind, einander zu befriedigen und zu erfreuen, so entfremdet? Sicherlich schätzt Mr. Ross weder die Qualitäten von Mordaunts Geist noch die Vortrefflichkeit seines Herzens und seiner Grundsätze richtig ein. Hätte er von ihm die Gefühle gehört, die mich bezaubert haben – hätte er die Feinheit seines Geschmacks und seine Abscheu vor allem Gemeinem und Niederträchtigen gekannt, könnte er ihn nicht für den Schurken halten, den er letzte Nacht beschrieben hat." Doch Ellen war so offen und vorurteilsfrei, dass sie viele von Ross' Vorschlägen durchaus vernünftig fand. Ihre hohe Meinung von seinem Urteilsvermögen und der allgemeinen Großzügigkeit, mit der er es anwandte , erfüllte ihr Herz mit unbehaglichen Ängsten.

Sie waren seit wenigen Minuten wieder zu Hause und setzten sich gerade zu ihrem einfachen Abendessen, als Powis hereinkam. Er eilte Ellen entgegen, die er seit fast zwei Tagen nicht gesehen hatte, und küsste sie zärtlich. Sie liebte ihren Vater sehr innig und war ihm so eifrig begegnet , dass sie Mordaunt , der ihm ins Zimmer gefolgt war und auf sie zukam, nicht im ersten Augenblick bemerkte. Sie erschrak und fürchtete, wie ihre Freunde ihn empfangen würden. Sie wurde blass und zitterte, was ihr Vater bemerkte und sagte: „Aber Ellen, es ist doch nur Mr. Mordaunt . Du hast doch keine Angst vor ihm, oder? Du hast ihn doch seit zwei oder drei Tagen nicht gesehen, sagt er mir. Komm, schüttle ihm die Hand und sag ihm, dass du dich freust, ihn zu sehen." Ellen hätte um kein Wort ein Wort herausbringen können; aber Mordaunt nutzte die freundlichen Anweisungen ihres Vaters aus und nahm die Hand, die sie ihm nicht anbieten konnte – nicht wagte. und drückte sie heftig zwischen seine eigenen und sagte mit leiser Stimme:

„Nein, Ellen, sag nicht, dass *du* dich *freust*, mich zu sehen: die förmliche Kälte eines solchen Ausdrucks von dir wäre schlimmer für mich als dieser abgewandte Blick, der mich glauben oder zumindest befürchten lässt, dass dir mein Anblick alles andere als gefällt."

Eine lebhafte Röte breitete sich über ihr Gesicht aus, und sie hob plötzlich ihre Augen zu ihm mit einem Ausdruck vorwurfsvoller, aber sanfter, schüchterner Zuneigung, der ihm sofort alles erklärte, was ihr Herz erfüllte . Freude, Entzücken und ein Ausdruck der zärtlichsten Liebe und Bewunderung nahmen von Mordaunts schönen Zügen Besitz: Er schien wie gebannt und stand da und starrte sie an, immer noch ihre Hand haltend, als hätte er keine Macht mehr über seine eigenen Handlungen. „Na, wie steht ihr da", sagte der ehrliche Powis lachend, „und starrt einander an, als ob ihr euch noch nie zuvor begegnet wäret! Komm, Nachbar Ross, ich bin gekommen, um ein Stück von deinem kalten Fleisch zu essen: Ich war den ganzen Abend auf den Feldern und habe nur ein kurzes Abendessen zubereitet, da Ellen nicht zu Hause war. Komm, lass uns uns hinsetzen und mit dem Abendessen beginnen."

Mordaunts Lage so peinlich sein : Er fühlte sich als Eindringling, konnte sich aber nicht losreißen. Ross, seine Frau und Joanna hatten zwar alle höflich mit ihm gesprochen, aber etwas in ihrem Benehmen überzeugte ihn völlig davon, dass er kein willkommener Gast war; und obwohl Ellen etwas blass aussah, sah er in ihr kein Anzeichen eines Gesundheitszustands, der ihren Aufenthalt bei Mrs. Ross notwendig gemacht hätte. Erleichtert durch diese Überzeugung (denn er hatte sich wirklich Sorgen um sie gemacht), war er dennoch beschämt, als er merkte, dass sie absichtlich dort festgehalten wurde, um seine Besuche zu vermeiden. Schließlich, als er sich ein wenig erholt hatte, ließ er ihre Hand los und sagte: „Bitte, lassen Sie mich nicht stören: Ich gehe sofort: Ich habe nur vorbeigeschaut, um zu fragen, wie es Miss Powis heute Abend geht, und bin froh, dass sie nicht so krank ist, wie ich befürchtet hatte." Er verbeugte sich nun und wollte sich zurückziehen, als Ross, beschämt, so ungastlich zu erscheinen, ihn drängte, sich zu ihnen zu setzen; und Joanna (die Ellens Verwirrung bemitleidete, die ganz bestürzt war über die offensichtliche Überraschung ihres Vaters angesichts der – ihm unerklärlichen – Kühle von Mordaunts Empfang) sagte mit großer Gutmütigkeit: „Hier ist ein Stuhl, Mr. Mordaunt ; und da Sie abends nie etwas anderes als Obst essen , sehen Sie mal, was für schöne Pfirsiche und Weintrauben wir haben."

Mordaunt , entzückt von der freundlichen Einladung und als er sah, dass der erwähnte Stuhl zwischen ihr und Ellen stand, konnte er der Versuchung nicht widerstehen: Er setzte sich und versuchte vergeblich , sich wie immer zu benehmen: aber die ganze Gesellschaft, außer Powis, war sichtlich zurückhaltend ; und obwohl Ross mehrere Male versuchte, so etwas wie eine

Unterhaltung aufrechtzuerhalten, erlahmte sie bald, und jeder schien müde und unruhig – die Gedanken eines jeden waren in Gedanken versunken; und was einer sagte, schien weit von dem entfernt zu sein, woran sie dachten. Ein- oder zweimal sprach Mordaunt leise mit Ellen; aber sie, eingeschüchtert von der Anwesenheit von Mr. und Mrs. Ross, antwortete nur so kurz wie möglich und hob kaum den Blick vom Tisch. Schließlich fragte er sie, ob sie morgen zu Hause sein würde. Sie verneinte. „Auch am nächsten Tag nicht?" „Ich glaube nicht." „Guter Gott! Und wie lange soll das dauern?" „Ich weiß nicht: Mrs. Ross glaubt, dass es mir hier eine Zeit lang besser gehen wird ." „Und gehen Sie nie zu Fuß?" „Ja, wir sind heute Abend mit Mr. Ross spazieren gegangen."

Mordaunt sah, dass alles Mögliche getan wurde, um ihr Treffen zu verhindern, und dass er schnell zu einer Entscheidung kommen musste. An Ellens Liebe konnte er nicht länger zweifeln: Seine eigene Liebe zu ihr hatte er seit einiger Zeit als jenes überwältigende Gefühl empfunden, das schließlich alle widerstrebenden Umstände überwinden muss; aber es gab Dinge in seinem Schicksal, die ihn (zumindest dachte er das) daran hindern sollten, ihrs damit zu verknüpfen; doch er war unmerklich so getäuscht worden, dass er sah, dass es kein Zurück mehr gab, und beschloss, bald eine Erklärung mit Ross und ihrem Vater abzugeben, obwohl er sich sehr wünschte, man hätte ihm noch mehr Zeit gegeben. Diese Überlegungen , die er trotz seiner selbst und der ihm so mühsam angeeigneten Gewohnheit der Selbstbeherrschung angestellt hatte, ließen ihn schweigen; und schließlich, müde von der Düsternis und Schwere, die über der ganzen Gesellschaft zu hängen schien und so anders war als ihre kleinen Abendessen, sagte ihnen, er halte sie alle für sehr dumm und würde nach Hause und zu Bett gehen. Dann schüttelte er Ross die Hand, ging um den Tisch herum zu Ellen, küsste sie und wünschte ihr eine gute Nacht, wobei er ihr sagte, sie solle so schnell wie möglich wieder gesund werden, denn er wolle sie zu Hause haben. Mordaunt wünschte ihnen gleichzeitig eine gute Nacht und ging mit Powis weg .

KAPITEL VIII.

„Sind dann die Söhne des Interesses nur weise?
Kann allein Pomp wesentliches Gutes vermitteln?
Irre Welt ; ach! Warum schätzt man so vergeblich
jene Gaben, die das menschliche Herz nur einengen?

„Warum nur diese zärtliche Leidenschaft heraufbeschwören,
die der Himmel selbst ins Gemüt gepflanzt hat, die
alles miteinander verbindet und, indem sie alles in Einklang bringt,
das hingerissene Herz mit verfeinerter Sympathie anschwellen lässt ?“

Die Gedanken einer langen und schlaflosen Nacht bestimmten Mordaunts
Verhalten; und sobald er glaubte, das frühe Frühstück im Pfarrhaus sei zu
Ende, ging er dorthin, fragte nach Mr. Ross und wurde in das kleine
Arbeitszimmer geführt, das dieser gute Mann ganz sein Eigen nannte. Doch
hier, an dem allerletzten Ort, an dem er sie erwartet hätte, sah er zu seinem
größten Erstaunen Ellen. Ellen allein – an einem mit Büchern bedeckten
Tisch sitzend, von einem davon schien sie etwas zu lernen oder vielmehr
damit beschäftigt zu sein, denn in dem Moment, als er eintrat, waren ihre
Gedanken abgeschweift; und sie saß da, eine schöne Hand hielt das offene
Buch, die andere bedeckte ihre Augen. Sie nahm an, dass die Person, die
hereinkam, Mr. Ross war, der an diesem Tag das Amt ihres Lehrers
angetreten hatte, und blickte auf; doch als sie Mordaunt sah , fiel ihr das Buch
aus der Hand, und sie versuchte vergeblich, von ihrem Sitz aufzustehen –
eine Zeremonie, die die unmodernen Einwohner von Llanwyllan noch nicht
abgeschafft hatten . Mordaunt sprang eifrig vor und rief: „Hier, Ellen!
Herrgott! Hätte ich hoffen können, dich hier zu sehen! Endlich sehen wir
uns wieder, ohne die lästige Zurückhaltung der umstehenden Zeugen, der
fast feindseligen Augen! Fürchte dich nicht, Liebste, für immer liebste Ellen.“
Als er sah, dass sie halb erschrocken über seine ungewöhnliche Wärme
aussah, denn im Allgemeinen war sein Benehmen ihr gegenüber, wenn auch
zärtlich, so doch gelassen, „fürchte dich nicht: niemals dürfen Worte oder
Blicke von mir dir vernünftigen Grund zur Beunruhigung oder Verärgerung
geben. Ich würde die Welt für eine Stunde ununterbrochener Unterhaltung
mit dir geben – aber jetzt kann ein weiterer Moment mich daran hindern,
mehr zu sagen. Sag mir dann, süßestes Mädchen, darf ich, wirst du mir
gestatten, mich an Mr. Ross zu wenden, um seine Interessen dir und deinem
Vater gegenüber zu erfragen, bis ich hoffen kann, dass meine Beharrlichkeit,
wenn nicht mein Verdienst, in dir ein zärtlicheres Gefühl als bloße
Wertschätzung geweckt haben kann?“

Verwirrt und verblüfft, kaum wissend oder verstehend, was sie hörte, oder glaubend, dass Mordaunt es ernst meinen könnte, was sie nur als eine Liebeserklärung auffassen konnte, schnappte Ellen nach Luft, zitterte und fiel in seinen stützenden Armen halb in Ohnmacht.

In diesem Moment trat Ross ein und blickte sie überrascht , fast bestürzt an, als er diese außergewöhnliche Szene sah. „Mir wurde gesagt", sagte er und trat ernst vor, „dass Mr. Mordaunt mit *mir* sprechen wollte . Was ist los, Ellen? Bist du krank?" „Verzeihen Sie meine Heftigkeit, liebe Ellen", sagte Mordaunt . „Ich habe Ihre zarten Seelen durch meine Ungeduld erschreckt: Erlauben Sie mir, Sie zu Ihren Freunden zu führen, oder sollen Mr. Ross und ich uns zusammen zurückziehen?"

überraschten Ross noch mehr . Ellen stand auf und murmelte, sich kaum haltend, sie wolle zu Mrs. Ross gehen – „Tun Sie das", sagte Ross, „aber lassen Sie *mich* Ihnen helfen . – Mr. Mordaunt , setzen Sie sich, ich werde sofort zu Ihnen zurückkommen." – Ohne weiter mit ihr zu sprechen, nahm er ihren Arm in seinen, und nachdem er sie ins Wohnzimmer gesetzt hatte (wo Joanna glücklicherweise allein war), sagte er ihr, sie solle sich beruhigen, und kehrte zu einem Besucher zurück, der ihn mit jeder Stunde auf verwirrendere und außergewöhnliche Weise zum Nachdenken brachte. Mordaunt streckte seine Hand aus, ergriff die von Ross und sagte mit edler Offenheit: „Das waren Sie, mein lieber Herr – vielleicht sind Sie noch immer unzufrieden mit mir: aber die Zeit ist gekommen, in der die Geheimnisse, die mich umgeben, aufgeklärt werden. Wenn Sie mir eine Stunde lang Ihre Aufmerksamkeit schenken, werde ich Ihnen einige Umstände schildern, über die ich Sie vorläufig bitten muss zu schweigen; aber ich verpflichte mich mit jeder Versicherung, die einen Mann mit Grundsätzen und Ehre binden kann, zur Wahrheit aller dieser Dinge ."

Sie saßen da , und Mordaunt erzählte Ross viele Ereignisse und enthüllte viele Geheimnisse, die wir hier vorerst übergehen wollen. Nachdem er die erstaunliche Erzählung beendet hatte, sagte er: „Und nun, mein lieber Herr, nachdem Sie alles gehört haben, was ich über mich weiß und was ich künftig fürchten muss, wollen Sie mir offen sagen, ob ich nicht nur auf Ihre Zustimmung, sondern auch auf Ihren guten Wunsch hoffen darf, Ellen Powis zu heiraten ? Darf ich es Ihrer Meinung nach wagen, sie mir zu eigen zu machen, wenn mir vielleicht ein paar Monate so viel Ärger, wenn nicht gar Schande bereiten? Und glauben Sie, ich darf von ihr eine solche Zuneigung erwarten, dass sie sich mit zukünftigen Ereignissen, welcher Art sie auch sein mögen, versöhnen kann?" – „Ich sehe", sagte Ross, „dass meine vorsichtigen Sorgen um ihren Frieden Ihre Maßnahmen ein wenig beschleunigt haben. Vielleicht wäre es besser gewesen, die Dinge ruhig weiterlaufen zu lassen, bis die Rückkehr des jungen Mannes, den Sie mir aus dem Ausland genannt haben, seine zukünftigen Absichten aufgezeigt hätte;

vielleicht haben sich seine Ansichten während seiner Abwesenheit geändert; wie dem auch sei, wenn Sie Llanwyllan jetzt verlassen würden , ohne eine weitere Erklärung mit Ellen abzugeben, fürchte ich, dass ihr Frieden zu sehr gefährdet wäre; denn obwohl ich ihre Zartheit gewissenhaft hüten und die Erklärung ihrer Gefühle ihren eigenen Lippen überlassen würde, wäre es doch müßig, meine Überzeugung zu leugnen, dass sie ihren *Freund Mordaunt* mit etwas gesehen hat, was ich wohl als *Vorliebe bezeichnen muss* . Ist das nicht das richtige Wort, meinen Sie, Sir?" Er lächelte und fügte so freundliche Bekundungen seiner Hochachtung für Mordaunt hinzu und drückte so viel Freude über seine wahrhaft uneigennützige Liebe zu Ellen aus, dass unser Reisender nichts mehr von ihm zu wünschen übrig ließ.

Es wurde beschlossen, dass nicht einmal Ellen im Moment die Umstände kennen sollte, die Mordaunt Ross offenbart hatte. „Wenn sie sie kennt", sagte Mordaunt , „wird sie denken, dass es ihre Pflicht ist, zumindest einige davon ihrem Vater mitzuteilen, und wir sind sicher, dass unser würdiger Freund Powis kein Geheimnis daraus machen wird. Sie können nicht bezweifeln, Mr. Ross, wie sehr es mich ärgern würde, wenn sie bekannt würden, während wir in Llanwyllan bleiben . Wenn wir weg sind, werden die Hauptumstände nicht lange ein Geheimnis bleiben, denn ich hoffe auf Ihr freundliches Interesse an Ellen und ihrem Vater, dass ich sie bald mitnehmen kann, bevor der Winter das Reisen über Ihre „Treppenstraßen", wie es jemand ausdrückt, unangenehm, wenn nicht gar unsicher gemacht hat. Ich gehe vielleicht zu weit, aber ich denke, ich hoffe, nach Ellens sanftem Zittern und ihren nicht abstoßenden Blicken, als ich gerade zu etwas gedrängt wurde, das einer Liebeserklärung sehr ähnlich war, obwohl ich absichtlich gekommen bin, um Sie zu konsultieren, bevor ich es machte, dass sie nicht unerbittlich sein wird." „Ich glaube", erwiderte Ross, „ich darf Ihnen versichern, dass sie nicht einmal ein Zögern vortäuschen wird, das ihr Herz ablehnt. Ellen ist in vollkommenster Bescheidenheit, aber gleichzeitig in vollkommenster Aufrichtigkeit erzogen worden, und es liegt wirklich nicht in ihrer Macht, ihre Gefühle zu verbergen; und für mich, der ich sie seit ihrer Kindheit kenne, sind sie so offensichtlich, als ob ihr Herz für meine Augen offen stünde; aber mehr will ich nicht sagen", sagte er mit einem wohlwollenden Lächeln. – „Ich sollte meine geliebte kleine Schülerin nicht verraten; nebenbei bemerkt", fügte er hinzu und wandte sich den Büchern usw. zu, „mein Amt als Schulmeister wird mir, nehme ich an, bald entrissen werden; ich hätte genauso gut nicht versuchen können, es Ihnen aus den Händen zu nehmen." Mordaunt lachte und fragte Ross, ob er nicht darum bitten dürfe, Ellen dann zu sehen. „Sie können sich meine Angst leicht vorstellen", fügte er hinzu. „Nun", sagte Ross, „es ist so schrecklich, nach dem armen kleinen Mädchen zu schicken und sie förmlich zu platzieren, damit sie hört, was Sie zweifellos ungeduldig zu sagen haben, dass es meiner Meinung nach besser sein wird, wenn Sie ihr nach der Aufregung, die sie heute Morgen bereits hatte, ein wenig Zeit geben können, sich zu beruhigen. Wollen Sie heute an unserem bescheidenen Abendessen teilnehmen – können Sie zu unserer unmodernen frühen Stunde essen? Denn die guten Leute hier sind unter anderem erstaunt über Ihre üblichen Zeiten; wenn Sie können, tun Sie mir bitte den Gefallen ; und nach dem Abendessen werde ich meine letzte Wachsamkeit so weit lockern, dass ich Ihnen erlaube, zehn Minuten lang allein mit Ellen zu sprechen: Wird das lang genug sein?“ „Nicht ganz“, sagte Mordaunt halb lachend ; „aber wie sollen wir mit Mrs. Ross zurechtkommen, die, wie ich glaube, eine sehr ernste Abneigung gegen mich hegt, und mit Joanna, die, wie ich weiß, die Anweisung ihrer Mutter haben wird, sich nicht von Ellen zu rühren?“ „Wie gut Sie uns alle gelesen haben“, sagte Ross und lachte seinerseits: „Aber vertrauen Sie mir: Ich werde all diese gewaltigen Hindernisse aus dem Weg räumen – aber glauben Sie nicht, meine gute Frau hätte irgendeine Abneigung gegen Sie; was auch immer sie an Unmut gezeigt hat, es rührte von ihrem Ärger her, als sie sah, dass Ihr Einfluss die Pläne, die sie für Ellen am besten hielt, durcheinandergebracht und, wie wir befürchteten, ihr Glück gefährdet hatte; denn obwohl sie es vielleicht nicht genau so zeigt, wie es ein aufgeklärterer Geist wählen würde , können Sie sich versichern, dass Mrs. Ross Ellen mit der Zuneigung einer Mutter liebt.“ „Das bezweifle ich nicht“, antwortete Mordaunt lebhaft: „Wer kann dieses exquisite Geschöpf sehen und nicht lieben? – was für eine Person – was für einen Geist sie hat! Sie können nach allem, was ich Ihnen erzählt habe, glauben, dass ‚ich wegen mehrerer Tugenden mehrere Frauen mochte‘. Ich kann weitergehen und hinzufügen, dass ‚sie, so vollkommen und so unvergleichlich, aus dem Besten aller Geschöpfe geschaffen wurde.‘“

„In der Tat“, sagte Ross, „ich habe Ellen immer sehr geschätzt, aber ich glaube nicht hoch genug, denn ich hätte nie gedacht, dass sie eine so wichtige Eroberung machen würde: die kleine Zigeunerin ist sich der Macht ihrer Reize nicht bewusst.“ „Ach“, sagte Mordaunt und schreckte zurück, „lenken Sie meine Gedanken nicht in diese Richtung, lassen Sie mich nicht annehmen, dass mein Erfolg bei ihr weniger zu hoffen wäre, wenn sie sie besser kennen würde; dass, wenn die Welt sie gelehrt haben wird, sie höher einzuschätzen –“ „Ach, hüten Sie sich vor Eifersucht“, sagte Ross. „Nennen Sie das schreckliche Wort nicht“, rief Mordaunt mit einiger Erregung; „ich habe zu viel Grund, sein Elend zu kennen; aber mit Ihrer tugendhaften, mit Ihrer frommen Ellen werde ich sicher sicher sein.“ „Zweifle nicht daran“, antwortete Ross ernst; „Wenn man sich jemals auf die Wahrheit, Aufrichtigkeit und Einfalt eines Menschen verlassen konnte, dann ist es Ellen Powis . Doch die Welt ist eine gefährliche Schule, und Sie werden, so hoffe ich, mit unaufhörlicher Sorgfalt über Ihre unerfahrene Schülerin wachen, deren Tugenden sie, wenn nicht in den Irrtum, so doch zumindest den Anschein eines solchen erwecken könnten.“

Es wurden noch ein paar Worte zwischen ihnen gewechselt, und dann zog sich Mordaunt zurück, um sich für das Abendessen umzuziehen, eine Gewohnheit, von der er auch an diesem abgeschiedenen Ort nie abwich.

Während dieser langen Konferenz war die arme Mrs. Ross ganz aufgeregt (um ihr eigenes Wort zu verwenden), weil sie nichts über das Thema erfahren wollte: Ihre Neugier hatte längst ihren Höhepunkt erreicht, und sie wiederholte Ellen und Joanna, die neben ihr bei der Arbeit saßen, fast unaufhörlich: „Also, was in aller Welt kann Mr. Mordaunt Mr. Ross zu sagen haben – also, worüber können sie die ganze Zeit reden? Meine Güte, ich hoffe, sie werden sich nicht streiten." „Streit!" wiederholte Joanna, während Ellens Arbeit ihr aus den Fingern fiel, und sie sah erstaunt und erschrocken aus: „Streit! Meine liebe Mutter, worüber sollten sie sich streiten? Außerdem, haben Sie meinen Vater jemals mit irgendjemandem streiten sehen?" „Nein: das stimmt, er hat ein sehr feines Temperament; aber dann *scheint* Mr. Mordaunt so hastig zu sein und sieht manchmal so seltsam aus, dass – außerdem dachte ich, er schien ganz wütend zu sein, als wir gestern Abend weggingen." Dann öffnete sie die Tür zum Wohnzimmer , die genau gegenüber der Tür zum Arbeitszimmer lag, und blieb einen Moment stehen, als wollte sie den Klang ihrer Stimmen erhaschen.

„Nun, ich versichere, sie reden noch, aber nicht laut: meine Güte! Ich habe tatsächlich eine von ihnen lachen gehört." „Umso besser, Mama", sagte Joanna; „ich höre die Leute immer gern lachen; es zeigt, dass nichts Böses im Gange ist." „Überhaupt nicht, überhaupt nicht, Joanna", sagte Mrs. Ross, deren gereizte Neugier sie zum Widerspruch veranlasste. „Ich bin sicher, ich habe oft gedacht, wenn ich euch zwei Mädchen schwatzen und lachen hörte, dass ihr etwas Böses plantet." „Nun, Mama, ich bin sicher, wir haben es nie ausgeführt, denn du weißt, wir waren immer die besten Mädchen der Welt." „Ziemlich gut, manchmal ziemlich gut", antwortete Mrs. Ross und lächelte halb inmitten ihres Trubels.

Endlich öffnete sich die Tür des Arbeitszimmers, und Mordaunt wurde gesehen , wie er durch den kleinen Garten vor dem Haus ging, wohin Ross ihn begleitete: Sie schüttelten sich zum Abschied die Hände. „Siehst du, Mama, sie haben sich nicht gestritten ", sagte Joanna; „ganz im Gegenteil, ich habe das starke Gefühl, dass sie zufriedener miteinander sind als in letzter Zeit"; und sie warf Ellen einen verschmitzten Blick zu, denn Joanna hatte kaum Zweifel, welches Thema sie zumindest einen Teil der Zeit, die sie zusammen verbracht hatten, beschäftigt hatte.

Sobald Mordaunt gegangen war, kam Ross ins Wohnzimmer und sagte: „Was gibt es heute zum Abendessen, meine Liebe?" „Nun, Mr. Ross, ich glaube, ich habe Sie in meinem ganzen Leben noch nie fragen hören." „Möglicherweise nicht, meine Liebe; aber ich möchte es wissen, weil Mr.

Mordaunt bei uns speist." „Mr. Mordaunt !", wiederholte Mrs. Ross. „Nun, das ist das Letzte, was ich erwartet hätte. Nun, *jetzt* bin ich wirklich überrascht : Dann haben wir heute ein so merkwürdiges Abendessen; nichts als ..." „Macht nichts, meine Liebe, macht nichts, Sie können leicht eine kleine Änderung vornehmen: Kommen Sie mit mir, und ich werde Ihnen mehr erzählen; in der Zwischenzeit, Mädchen, geht und macht euch sehr schick. Mr. Mordaunt ist nur nach Hause gegangen, um sich umzuziehen, und wird bald wieder hier sein; da er selbst so nett aussieht, wird er natürlich erwarten, Sie Mädchen zurechtgemacht vorzufinden, um ihn zu empfangen." "Lieber Mr. Ross", sagte die gute Frau und starrte ihn an, "ich kenne Sie heute nicht! Was in aller Welt ist mit Ihnen los? Erst fragen Sie nach dem Abendessen und dann sagen Sie den Mädchen, sie sollen sich selbst anziehen; zwei Dinge, von denen ich nicht wusste, dass Sie sich darum auch nur im Geringsten kümmern."

Ross lachte und nahm sie mit, und Joanna sah Ellen lächelnd an und sagte: „Verstehst du das alles genauso wenig wie meine Mutter, Ellen? Komm, streng dich ein wenig an, und vielleicht findest du mit Mordaunts Hilfe nach und nach die Bedeutung einiger dieser außergewöhnlichen Dinge heraus." Ellen lachte halb und sagte errötend, dass sie sehr scherzhaft sei; aber die Freude, die in ihren Augen leuchtete, zeigte, dass sie ziemlich sicher war, dass die Ursache dieser neuen Erscheinungen, wenn sie erklärt würde, nicht unangenehm sein würde. Mrs. Ross kam wieder herein, mit einem Gesicht voller Verwunderung, und sagte nur: „Gott segne mich! Nun , – was für seltsame Dinge sind geschehen! – Komm, Ellen, Kind, beeil dich und zieh dich so schön wie möglich an – komm, Joanna, ich brauche dich – es gibt fünfzig Dinge zu tun", nahm Joanna mit. Ross gesellte sich zu Ellen, die hastig ihre Arbeit auflegte, ungeduldig, in ihr eigenes Zimmer zu entkommen und in Ruhe nachzudenken; Und er nahm ihre Hand mit väterlicher Zärtlichkeit, während sein schönes Gesicht vor wohlwollender Freude strahlte, und sagte:

"Beruhige dich, mein liebes Kind; schwäche diese offensichtliche Erregung so weit wie möglich ab; denn obwohl ich dir mit Freude sage, dass jeder Wunsch deines Herzens wahrscheinlich erfüllt, ja in mancher Hinsicht vielleicht sogar übertroffen wird, möchte ich doch, dass du Mr. Mordaunts Erklärung, die ich für die aufrichtigste Hochachtung halte, mit einer gewissen Gelassenheit, ja sogar Würde annimmst; denn obwohl, mein liebes Mädchen, deine Stellung im Leben dich ihm unterlegen machen kann und es auch tut, sollte er doch bei deinem Geist und deiner Person die Zuneigung eines so arglosen Herzens für keine geringe Errungenschaft halten. Geh, meine Liebe, in dein Zimmer und beruhige die allzu sichtbare Erregung deiner Gemüter."

Ellen küsste liebevoll die freundliche Hand, die ihre hielt, und zog sich schweigend zurück.

KAPITEL IX.

——Die Sonne geht unter;
In der Ferne liegt ihr Licht auf den kahlen Felsen der uralten Hügel
von Penmanmawr und Arvon ;
Und der letzte Glanz verweilt noch eine Weile,
krönt das ehrwürdige Haupt
des alten Snowdon , Das sich inmitten seiner Berge erhob— ——
Wo Mona, die dunkle Insel, ihr Ufer entlang der helleren Linie des Ozeans
ausstreckte .

SOUTHEYS MADOR .

Wir übergehen das folgende Gespräch zwischen Mordaunt und Ellen – der
allgemeine Stil lässt sich leicht vorstellen; und die Einzelheiten solcher
Szenen bereiten selten Freude, außer denen, die sie unmittelbar betreffen. Es
ist unnötig zu erwähnen, dass Ellen bescheiden, wenn auch offen, den
Einfluss gestand, den er auf ihre Gefühle gewonnen hatte, und einwilligte,
seine Frau zu werden; ein, nur ein einziger, schmerzlicher Einwand kam in
ihrem Kopf auf – die wahrscheinliche Entfernung, die sie von ihrem Vater
haben musste, und die Ungewissheit, dass sie ihn zumindest jahrelang
wiedersehen würde. Diese Einwände versuchte Mordaunt nach besten
Kräften zu vermeiden, indem er sie daran erinnerte, dass Powis noch in
einem grünen Alter war und sie gut besuchen konnte; und dass er sich
verpflichten würde, Llanwyllan im Laufe eines oder zweier Jahre wieder mit
ihr zu besuchen. Hier jedoch seufzte Mordaunt tief, und sein Gesicht nahm
jene unerklärliche Düsterkeit an, die ihn immer bei Betrachtungen über die
Vergangenheit oder bei der Erwartung der Zukunft zu erwecken schien. Er
fasste sich ein wenig und fügte hinzu: „Denken Sie jedoch daran, Ellen, dass
dieses Versprechen in gewissem Maße an Bedingungen geknüpft sein muss.
Es gibt Umstände in meiner Situation, die ich Mr. Ross erklärt habe, die
meine Ehre berühren – fast mein Leben gefährden könnten. Sagen Sie, Ellen,
können Sie sich freiwillig jenen Stürmen des widrigen Schicksals stellen, die
mich überfallen und mich vielleicht für immer aus meinem Heimatland
verbannen könnten ? Können Sie mir so viel Vertrauen schenken, dass Sie
glauben, ich sei unschuldig, wie es auch erscheinen mag?“

„Ihre Worte sind voller Geheimnisse“, sagte Ellen mit stockender Stimme.
„Doch mein Herz ist so fest von Ihrer Ehre und Wahrhaftigkeit überzeugt,
dass ich versprechen kann, dass kein Anschein mein Vertrauen in beides
jemals erschüttern wird – und wenn Mr. Ross die Umstände kennt, auf die

Sie anspielen, und dennoch bereit ist, uns die Hände zu reichen, dann bin ich mir vollkommen sicher, dass mein Herz mein Urteil nicht getäuscht hat."

„Bewundernswertes Geschöpf!" rief Mordaunt aus . „Wie haben Sie in dieser abgeschiedenen Lage gelernt, die Wärme dieses unschuldigen Herzens durch die feinsten Regeln der Bescheidenheit und Unterscheidungskraft zu zügeln? Wie gut von Ihnen, nicht darauf zu bestehen, dass ich Ihnen all diese Geheimnisse erkläre! – Glauben Sie mir, Ellen, ich verschiebe es nur, um Ihnen möglichst keinen Schmerz zuzufügen. Vielleicht können sich die Wolken, die so lange über mir schwebten , zerstreuen, bevor eine Erklärung notwendig wird. Es gibt einen Hinweis, der (wenn die vereinten Anstrengungen von mir und meinen besten Freunden ihn erreichen können) noch gefunden wird und der alles entwirren wird, was gegen mich spricht; und dann wird alles gut sein." Hier war die Sache für den Augenblick erledigt; und obwohl man Ellen für dumm halten würde, wenn man annahm, sie sei nicht neugierig, so war doch das Vertrauen, das sie in Mordaunts Zuneigung und Ross' Urteilsvermögen empfand , so vollkommen, dass sie vollkommen zufrieden war, sich blind darauf zu verlassen.

Am nächsten Tag bat Mordaunt Powis um seine Zustimmung zu seiner Heirat mit Ellen. Seine Überraschung über den Vorschlag war so groß, dass sie offensichtlich zeigte, dass er sich das nie hätte vorstellen können. Nachdem er sein Erstaunen ausgedrückt hatte, zögerte er und antwortete dann: „Sehen Sie, Mr. Mordaunt , Sie scheinen ein Gentleman zu sein und haben vermutlich ein gutes Einkommen. Ich kann Ellen jetzt ein paar Hunderter geben und ein paar nach meinem Tod; und ich möchte nur sichergehen, dass Sie ihr einigermaßen ein angenehmes Leben ermöglichen können. – Sie müssen mir ein wenig mehr über Ihre Lebenssituation erzählen; und obwohl ich Sie sehr mag, würde ich mich freuen, von jemandem, der Sie kennt, zu erfahren, was für einen Charakter Sie haben. Seien Sie jetzt nicht böse – ich bin ein offener Mann und nicht misstrauischer als jeder andere: Aber wenn Sie kommen und mich nach meinem einzigen Kind fragen und es mitnehmen, Gott weiß wohin, in fremde Gegenden, müsste ich wissen, ob Sie wahrscheinlich nett zu ihr sein werden."

Mordaunt schien bei dieser Ansprache ein wenig verwirrt, antwortete aber: „Sie haben vollkommen recht, mein guter Freund. Ich habe Herrn Ross bereits mich selbst, meine Lebenssituation und alle Umstände erklärt. Er ist der Meinung, dass ich Ihre Tochter heiraten kann, ohne ihr in finanzieller Hinsicht zu schaden. Zu Ihrer weiteren Zufriedenheit verweise ich Sie jedoch an den Reverend Dr. Montague, den Hausgeistlichen des Grafen von St. Aubyn in St. Aubyn Castle, Northamptonshire. Seine Lordschaft befindet sich derzeit nicht in England. Dieser Herr wird Ihnen alle notwendigen Einzelheiten über mich mitteilen. Sollte sein Bericht zufriedenstellend sein, darf ich hoffen, dass alle Hindernisse beseitigt sind."

„Sie sprechen sehr höflich und wie ein Gentleman, was Sie zweifellos sind. Aber Sie werden mir verzeihen, dass ich mir ein wenig Sorgen um mein Kind mache. Ehrlich gesagt gefällt mir die Vorstellung nicht, dass sie sich so weit von mir entfernt. Aber wenn sie Sie mag (und ich nehme an, Sie sind da ziemlich einverstanden, sonst würden Sie nicht zu mir kommen), werde ich niemals zulassen, dass mein eigener Komfort ihr Glück beeinträchtigt. Dennoch sage ich Ihnen ehrlich, ich hätte es vorgezogen, wenn sie Charles Ross geheiratet hätte, was ich für wahrscheinlich hielt." Bei diesen Worten verfinsterte sich Mordaunts Miene: Er fürchtete, es habe eine gewisse Zuneigung zwischen den jungen Leuten gegeben; und seine Gefühle waren so zart, dass ihn seine ganze Liebe zu Ellen, so leidenschaftlich sie auch war, selbst wenn er sich dessen sicher gewesen wäre, nicht dazu gebracht hätte, sie zu heiraten; in diesem Punkt war er also entschlossen, sich zufrieden zu geben. Er schrieb Doktor Montagues Adresse für Powis und ging dann direkt zum Pfarrhaus, wo Ellen noch immer wohnte. Er fand sie allein vor; und obwohl er erfreut schien, sie zu sehen, bildete sie sich doch ein, eine kleine Veränderung in seinem Benehmen zu bemerken, die sie beunruhigte. Er erzählte ihr, dass er ihren Vater gesehen hatte und einen Teil dessen, was vorgefallen war, ließ dabei die Erwähnung von Geldsorgen aus, von denen er dachte, dass sie sie beunruhigen würden.

Als er schwieg, sagte sie: „Sagen Sie mir, Mr. Mordaunt , täusche ich mich, wenn ich annehme, dass Sie heute nicht gut gelaunt sind? Ich fürchte, das rauhe Benehmen meines Vaters hat Sie geärgert." – „Nein, Ellen, das nicht." „Dann ist da sicher etwas." „Und kennen Sie mich schon so gut?", sagte Mordaunt . „Ich schäme mich, zu gestehen, wie unvernünftig ich bin, wenn Sie so gut und so vertrauensselig sind: aber es ist wahr – Ihr Vater hat einen Hinweis fallen lassen, der mich beunruhigt hat. Er sprach von Charles Ross in Ausdrücken, die – verzeihen Sie mir, Ellen – mich befürchten ließen, was auch immer jetzt der Fall sein mag, er war Ihnen gegenüber nicht immer gleichgültig gewesen."

Ellen errötete ein wenig und sagte mit ruhigem Lächeln: „Es ist sicherlich wahr, dass Charles Ross eine große Zuneigung zu mir geäußert hat; und ich glaube, seine Freunde und mein Vater wünschten sich ernsthaft, dass wir irgendwann einmal heiraten würden. Joanna insbesondere war sehr besorgt und war innerhalb weniger Monate in dieser Angelegenheit ziemlich unruhig und machte mich tatsächlich auch so – denn es war unmöglich –" Sie hielt inne und fügte dann hinzu: „Ich habe sicherlich die Zuneigung einer Schwester für Charles empfunden, aber nie mehr. Wenn ich nicht – wenn Sie nie –" Sie zögerte, errötete und sagte mit einiger Wärme: „Ich hätte ihn nie genug lieben können, um ihn zu heiraten."

Entzückt und mit jedem Verdacht, der durch dieses offene Geständnis ausgeräumt war, war Mordaunt nun wirklich glücklich – denn bis jetzt hatte ihn, obwohl er es kaum gewusst hatte, manchmal ein lauernder Zweifel an Charles begleitet. Mordaunts frühere Kenntnis der Welt hatte, wie es allzu oft der Fall ist, die Wirkung auf sein Herz gehabt, sein Vertrauen zu unterdrücken und es misstrauisch und argwöhnisch zu machen. Er hatte in der Tat große Gründe gehabt, kaum an die Existenz echter Tugend zu glauben, bis er Ellen kannte: Ihre vollkommene Unschuld, ihre süße Einfachheit, gepaart mit zartester Sensibilität und schärfster Urteilskraft, hatten ihm seinen Glauben wiedergegeben, und er hoffte und glaubte nun, dass ihm in Zukunft keine Eifersucht mehr begegnen würde. Doch sicherlich wagte er sich auf zweifelhaftes Terrain. In der Tat musste er ein großes Risiko eingegangen sein, als er eine so schöne Blume aus dem wildesten Teil von Wales in das kultivierte Innere Englands verpflanzte, und wahrscheinlich in eine Lage, die ganz anders war als die, die sie bisher eingenommen hatte! Was konnte einem Mann, der so anfällig für Eifersucht war wie Mordaunt , ein so vollkommenes Vertrauen in Ellens Wahrhaftigkeit und Tugend eingepflanzt haben? Es war die Tatsache, dass er an ihr eine erhabene, wenn auch nicht enthusiastische *Frömmigkeit* bemerkt hatte . Mordaunt war zwar ein Mann von Welt, aber auch ein religiöser Mensch; und als er sich häufig mit Ellen über religiöse Themen unterhielt, fand er ihre Grundsätze so fest und ihren Entschluss so entschieden und auf so vernünftigen Grundlagen, dass er nicht zögerte, sie aus Prinzip als Christin zu bezeichnen, und als solche das feste Vertrauen zu ihrer Aufrichtigkeit und Tugend zu schätzen wusste.

Mordaunt teilte ihr nun mit, dass er den ganzen nächsten Tag abwesend sein würde, da er einem oder zwei seiner Freunde von der beabsichtigten Änderung seiner Aussichten berichten müsse. Da er seine Briefe keinem gewöhnlichen Boten anvertrauen wolle und tatsächlich erwarte, dass einige wichtige Briefe für ihn in Carnarvon lägen, solle er selbst dorthin gehen, um sie abzuholen. Da die Entfernung zu groß für das sei, was er gerne zu Fuß zurücklege, besonders jetzt, wo die Tage so viel kürzer seien, solle er sich Ross' Pony leihen und hoffe, am Abend zurückzukommen. Er führte diesen Plan entsprechend aus, und als Ross von Powis erfuhr , wie er weitere Informationen über Mordaunt erhalten wollte , dachte er, da Ellen nun auf die Farm zurückgekehrt war, wäre es besser, wenn Mordaunt sich von den kleinen Ausflügen fernhielt, die ihm früher so viel Freude bereitet hatten, und seine Besuche bei ihr in gewissem Maße einschränkte, bis die Skrupel ihres Vaters endgültig ausgeräumt waren. Sie stimmten jedoch widerstrebend zu, und Mordaunt verbrachte dementsprechend den größten Teil der nächsten Woche damit, sich das Land anzusehen, und kehrte am Abend in seine Unterkunft zurück. Ungeduldig über diese lästige Einschränkung schlug Mordaunt Ross und den Mädchen nach drei oder vier Tagen einen Ausflug nach Snowdon vor, den er zwar gesehen hatte, sie jedoch nicht, obwohl sie nur zehn oder zwölf Meilen davon entfernt wohnten. Mrs. Ross, die in letzter Zeit ihre Wachsamkeit in Bezug auf Ellens Fleiß stark verringert hatte, gab ihre Zustimmung, und die glückliche Gruppe bestieg ihre kleinen walisischen Ponys und machte sich bei Tagesanbruch auf den Weg , wobei der Vollmond versprach, ihnen bei ihrer Rückkehr zu helfen.

Sie ließen ihre Pferde bei Dolbaden Castle zurück, nahmen Führer mit, die Erfrischungen mitbrachten und von denen jeder mit einem Stock mit Spitze bewaffnet war , und begannen den mühsamen Aufstieg. Ross war erschöpft und blieb auf halbem Weg auf einem riesigen Stein sitzen, bis sie zurückkehren würden. Als sie den Berg hinaufstiegen, bemerkten sie, dass sein Gipfel mit Wolken bedeckt war , obwohl es bei ihrer Abreise vollkommen klar war und die Führer ihnen versichert hatten, dass der Tag günstig sein würde . Jetzt begannen sie jedoch zu befürchten, dass die dichten Wolken sie daran hindern würden, die Belohnung für ihre Mühen zu genießen , indem sie ihnen die Aussicht vom Gipfel des Berges raubten. Die Führer hatten jedoch immer noch die Hoffnung, dass der Tag schließlich aufklaren würde, und das Ergebnis rechtfertigte ihre Erwartungen; denn als sie sich etwa eine halbe Meile vom Gipfel entfernt befanden, kam eine leichte Brise auf und rollte die Wolken wie einen Vorhang „die steile, zottige Seite des Snowdon hinunter ", wodurch allmählich seine hohlen Öffnungen und zerklüfteten Abgründe mit allen möglichen Bergen, Tälern, Seen und Flüssen enthüllt wurden; und darunter, in jede Richtung, eine Karte von exquisiter Schönheit, die Carnarvon, die Grafschaft Chester, Teile von Nordengland und Irland, die Insel Anglesea und die irische Küste einschließt.

Hier setzte sich Mordaunt mit seinen schönen Gefährtinnen, eine auf jeder Seite, auf eine niedrige Mauer, die wahrscheinlich von Hirten zum Schutz ihrer Herden errichtet wurde, die aber jetzt als Rastplatz für Reisende dient , und schwärmte voller Entzücken von dieser erstaunlich erhabenen Aussicht. Der „Barde" von Gray und viele der schönen Passagen aus Masons Elfrida und Caractacus waren ihm vertraut; und diese wiederholte er mit aller Anmut der Stimme und der Handlung, bis die entzückte und begeisterte Ellen sich fast einbildete, die weiß gekleideten Druiden mit ihren Mistelzweigkronen und goldenen Harfen an ihr vorbeiziehen zu sehen. Nachdem sie sich ausreichend ausgeruht und etwas erfrischt hatten, stiegen sie vorsichtig hinab; und zusammen mit Ross folgten sie dem abwärts führenden Lauf eines Gebirgsbachs von großer Schönheit, der oft über niedrige Felsen stürzte und zahlreiche kleine, aber elegante Kaskaden bildete, bis sie das Schloss erreichten, wo sie ihre Ponys zurückgelassen hatten, und dann im Mondlicht nach Llanwyllan zurückkehrten .

Die nächsten vier oder fünf Tage verbrachten sie mit ähnlichen Exkursionen. Da sie am Tag ihres Besuchs in Snowdon ihren Ritt nicht bis nach Bethgelert verlängern konnten , war ihr nächstes Ziel, das Grab des Windhundes und den romantischen Pass zwischen Merioneth und Carnarvonshire , genannt Pont Aberglaslyn , zu sehen . Am Grab des Windhundes Mordaunt wiederholte seinen schönen Gefährtinnen die interessante Legende, die damit verbunden ist, und Spencers elegantes Gedicht zu diesem Thema: - Diese kleine Geschichte ist so ergreifend, dass selbst in dieser fernen Zeit kein zartes Herz sie hören kann, ohne das Schicksal des treuen und schlecht belohnten Gelert zu beklagen . Ellen schämte sich nicht, bei der Erzählung eine Träne zu vergießen [1]. "Ach!" rief Mordaunt : "Das ist allzu oft die fatale Folge, wenn man sich auf *den Schein verlässt* ! Dieses hervorragende und unglückliche Tier fiel den Umständen zum Opfer, die, wie schlüssig sie auch erscheinen mochten, trügerisch waren." Er seufzte und verfiel für einige Minuten in ein düsteres Schweigen, aus dem ihn nur Ellens sanfte Stimme aufrütteln konnte.

Als nächstes besuchten sie Pont Aberglass-lyn , dessen wilde und erhabene Landschaft sie mit Ehrfurcht erfüllte. Die hohen, grotesken Felsen, die wie ein Amphitheater die romantische Brücke (bestehend aus einem einzigen Bogen, der von einem schroffen Abgrund zum nächsten geworfen wird) umgaben, näherten sich der Brücke über eine Straße, die sich durch ein enges, steiniges Tal schlängelte, wo die Felsen auf beiden Seiten kaum Platz für die Straße ließen; und der dunkle, ungestüme Strom, der an der Seite vorbeirollte, erfüllte sie mit Erstaunen über die Erhabenheit der Szenerie.

Sie besuchten auch das kleine romantische Dorf Llanberis mit seinen schönen Tälern und Seen, die von kühnen und markanten Felsen umgeben sind, die fast abrupt vom Rand des Wassers aufsteigen, und kehrten am Abend nach Llanwyllan zurück , entzückt von dem Ausflug, der ihnen so viele schöne Aussichten geboten hatte , und doch einen entzückenden Kontrast zu ihrem eigenen Heimatdorf mit den schmutzigen Hütten und erbärmlichen Unterkünften bot, die sie auf ihrem Weg angetroffen hatten; denn die Anstrengungen von Ross und seiner Frau, die beide Engländer waren und in den ersten Jahren ihres Lebens ausschließlich in England gelebt hatten, hatten sowohl in die Häuser als auch in die Kleidung ihrer Gemeindemitglieder ein gewisses Maß an Sauberkeit und Komfort gebracht, was Llanwyllan das Aussehen eines gemütlichen englischen Dorfes verlieh und es völlig von den umliegenden Dörfern unterschied, wo, wie es in Wales oft der Fall ist, extreme Armut und ihre allzu häufigen Begleiterscheinungen sowie eine völlige Vernachlässigung von Komfort vorherrschen.

Sie besuchten auch Carnarvon, das die Mädchen sehr verändert vorfanden, seit sie es vor einigen Jahren gesehen hatten, und waren ganz überrascht über die Kutschen und die schick gekleideten Leute auf den Straßen. Natürlich gingen sie zum Schloss und sahen das Zimmer, in dem der schwache und unglückliche Edward II. geboren wurde , obwohl diese Tatsache aufgrund der Gemeinheit seines Aussehens und der ungünstigen Lage äußerst zweifelhaft, wenn nicht gar unwahrscheinlich erscheint. Kurz gesagt, sie schienen in einer neuen Welt zu sein, so sehr unterschied sich die Umgebung von denen, an die sie gewöhnt waren.

„Ach, Ellen!", sagte Joanna, „das alles wird dir bald egal sein: du wirst so viele schöne Häuser und große Städte sehen, dass du dich wundern wirst, wie du dir vorstellen konntest, dass Carnarvon so groß ist: und ich werde in unserem kleinen, ruhigen Dorf bleiben, das ich, wenn du weg bist, für dumm halten und nie mehr verlassen werde!" – „Das glaubst du nicht", antwortete Ellen: „Ich hoffe, wenn ich Llanwyllan wirklich verlasse (denn ich betrachte nichts als entschieden, bis Mr. Montagues Brief eintrifft), hoffe ich, dass es nicht lange dauern wird, bis ich dich bei mir haben werde – das wird einer meiner ersten Wünsche sein, sobald ich mich einigermaßen an die Veränderung meiner Situation gewöhnt habe." Joanna schien sehr erfreut über dieses Versprechen; sie schliefen diese Nacht in Carnarvon und kehrten am nächsten Tag nach Llanwyllan zurück .

Im Laufe dieser Reisen unterhielten sich Mordaunt und Ellen viel; doch er vermied mit großer Großzügigkeit so weit wie möglich alle besonderen Themen, da er sie bis zur Ankunft von Montagues Brief so frei lassen wollte, wie es jetzt in seiner Macht stand; denn obwohl er keinen Zweifel daran hatte, was der Inhalt sein würde, konnte er sie doch nicht gerade als seine Braut betrachten, bis er Powis' freie Zustimmung erhalten hatte; aber an Gesprächsmöglichkeiten waren sie nie verlegen – literarische Themen versorgten sie mit einem unerschöpflichen Fundus an Freude; denn Mordaunts Geist und Gedächtnis waren so reich an poetischen und klassischen Schätzen, dass er kaum Nachschlagewerke brauchte; die schönen Ansichten, die sie bei ihren Bergausflügen von den Himmelskörpern erhielten, weckten in Ellen den Wunsch, etwas über Astronomie zu lernen, und Mordaunt war durchaus geeignet, ihr Lehrer zu sein. Dabei half ihm Ross; und zwei Stunden gegen Ende des Abends vergingen angenehm mit diesem reizenden Studium. Mordaunt war zwar kein vollendeter Künstler, aber dennoch sehr begabt darin, Skizzen aus der umliegenden Landschaft anzufertigen; und Ellen begann bereits, ihren Bleistift für kleinere Versuche zu verwenden, die er sowohl ermutigte als auch anleitete – das Leben, das sie nun führten, war in der Tat so glücklich, dass die leichte Zurückhaltung ihrer Gefühle ihren Zusammenkünften eher Würze verlieh als ihre Freude zu zerstören: Gerne, höchst gerne hätten beide auf jeden Ortswechsel verzichtet und für den Rest ihres Lebens im friedvollen Schatten von Llanwyllan geblieben .

––––– Was bedeutete ihnen die Welt?
Ihr Pomp, ihre Freuden und ihr Unsinn?
Sie sahen ineinander, was immer sich Schönheit,
erhabene Phantasie oder verschwenderische Herzen wünschen können:

Etwas, das ihnen lieber war als Schönheit, wenn sie es betrachteten;
oder im Geist oder im erleuchteten Gesicht
Wahrheit, Güte, Ehre , Harmonie und Liebe,
die reichste Gabe des nachsichtigen Himmels.

KAPITEL X.

Gehen Sie nun mit mir und diesem heiligen Mann in
die Kapelle; und versichern Sie mir dort vor ihm
und unter diesem geweihten Dach
die volle Gewissheit Ihres Glaubens.

Zwölfte Nacht.

Schließlich traf die Antwort von Doktor Montague ein (denn in diesem abgelegenen Dorf wurde der Briefwechsel nicht so schnell durchgeführt) . Sie enthielt die folgenden Zeilen.

> Herr,
>
> Ich empfinde Mr. Mordaunts Empfehlung als Gefallen und beeile mich, auf Ihre vom 5. d. M. zu antworten, indem ich sage, dass ich das Glück hatte, diesen Herrn seit seiner Jugend zu kennen, und dass ich vollkommen davon überzeugt bin, dass er ein Mann von absolut ehrenhaftem und vorbildlichem Charakter ist. Da Sie so freundlich waren, diese Empfehlung zu begründen, kann ich nur hinzufügen, dass Ihre Tochter meiner Meinung nach Grund haben wird, sich als die glücklichste Frau zu betrachten, wenn sie seine Frau wird. Mr. Mordaunts Vermögen ist ausreichend groß, um ihm ein bequemes und komfortables Leben zu ermöglichen.
>
> Mit größtem Respekt,
> Sir ,
> Ihr gehorsamer
> George Montague.
>
> St. Aubyn Castle ,
> 18. September 18—.

Nichts konnte zufriedenstellender sein als dieses ehrenvolle Zeugnis für die guten Eigenschaften von Mr. Mordaunt ; und Powis begann sich halb zu schämen, auch nur einen Augenblick an der Ehre eines so hochgeschätzten Mannes gezweifelt zu haben: Er eilte mit dem Brief in der Hand zu Ellen, die mit Joanna als Insassin nun zu Hause war, und rief: „So, Kind, lies das", und gab ihr den Brief: Die Gefühle seines liebevollen Herzens brachen von Zeit zu Zeit hervor, während sie ihn las, in Worten, die in Abständen und mit einiger Mühe ausgesprochen wurden, wie etwa: „Nun! – also muss ich sie verlieren – den Stolz meines Lebens!" aber ich hoffe, sie wird glücklich sein, liebe Seele! Dies scheint ein Mann von einiger Bedeutung zu sein: Sie wird eine richtige Dame sein; aber ich hoffe, sie steht ihren alten Freunden nicht nach, Joanna!

Als Ellen den Brief beendet hatte, stand sie auf, warf sich in die Arme ihres Vaters und weinte vor Kummer und Freude; denn so sehr sie sich auch über den Charakter ihres geliebten Mordaunt freute , so sehr bedauerte sie doch die Gewissheit, dass sie ihren Vater sofort verlassen musste, wenn sie ihn heiratete. Powis' Herz schmolz bei demselben Gedanken dahin, und die Tränen, die über sein raues Gesicht rannen, fielen auf Ellens Brust. Schließlich sagte sie: „Oh, mein lieber Vater, ich kann dich nicht verlassen!" Powis , halb schluchzend, halb lächelnd, sagte: „Nun, mein Kind, ich weiß nicht, wie ich den Gedanken ertragen soll, mich von dir zu trennen, aber wenn nicht *jetzt* , dann muss ich es irgendwann tun; und ich werde mir für mein Sterbebett keinen so schrecklichen Schmerz bereiten, der mir zeigen würde, dass ich mein eigenes, selbstsüchtiges Glück deinem vorgezogen hätte." Bei diesem zärtlichen, ergreifenden Gedanken verdoppelten sich Ellens Tränen, und Joannas begleiteten sie. Gerade in diesem Moment kam Mordaunt , der den Jungen, der Briefe nach Llanwyllan brachte , auf den Hof gehen sah, ungeduldig herein, um zu erfahren, ob Montagues Antwort angekommen war: Er war überrascht und beinahe erschrocken über die Szene vor ihm. Powis hob seinen Kopf, rieb sich die Augen und sagte: „Ich schäme mich, so ein Kind zu sein! – Hier, Mr. Mordaunt , ist der Brief Ihres Freundes, und hier, wenn Sie sie annehmen, ist Ihre Frau." Er löste sich aus Ellens umklammernden Armen und legte sie sanft in die, die Mordaunt streckte ihr freudig die Hand entgegen, um sie zu empfangen.

Alles war nun bald geregelt ; denn Powis war zwar ein Ungebildeter, aber kein törichter Mann; und da er die Notwendigkeit sah, dass Mordaunt vor dem Wechsel der Jahreszeiten in sein eigenes Heim zurückkehren musste, wollte er nicht zulassen, dass selbstsüchtige Überlegungen hinsichtlich seines eigenen Wohlbefindens die Liebenden während eines trostlosen Winters trennten, der sie nun schnell überfallen würde. Er überließ alles, was Geldangelegenheiten betraf, Mr. Ross. Mordaunt gab diesem Herrn eine Verpflichtungserklärung, die in solchen Worten formuliert war, dass er vollkommen davon überzeugt war, dass Ellens finanzielle Belange ausreichend berücksichtigt würden; und lehnte es großzügig ab, mit seiner Braut Geld anzunehmen, indem er Powis fröhlich erzählte , dass er, da er nun seiner Tochter beraubt sei, hoffe, dass er sich selbst nach einer Frau umsehen und Ellens vorgesehenen Anteil behalten werde, um seine zukünftigen Mittel für Wohlstand und Bequemlichkeit zu erhöhen ; oder dass er, wenn er wirklich nicht wüsste, was er mit dem Geld anfangen solle, es

Joanna geben sollte, wenn sie heiratete. „Nun", sagte Powis , „Sie sind entweder sehr reich oder sehr stolz, Mr. Mordaunt ." „Ich werde beides sein, wenn Ellen meine Frau ist", antwortete Mordaunt .

Mordaunt bat Ellen, sich für diesen Anlass nur mit mehr Kleidung einzudecken, als unbedingt nötig sei , bis sie Bristol erreichten: „Wo", sagte er, „hoffe ich, mein liebes Mädchen, einen modischen Mantelmacher zu finden, der Ihnen zumindest eine modernere Garderobe gibt, als Sie hier finden könnten." „Sie sind entschlossen, wie ich sehe", sagte Ellen, „dass ich niemandem außer Ihnen etwas schuldig sein werde." „Um Himmels willen, Ellen!", antwortete Mordaunt hastig, „sprechen Sie nicht von einer so armseligen Angelegenheit wie ein paar Kleidern als von einer Verpflichtung: wie soll ich jemals das zurückzahlen, was ich Ihrem Vertrauen und Ihrer Freundlichkeit schulde?"

Mordaunt und Ellen waren nur wenige Vorbereitungen nötig . Mit einiger Mühe besorgte er sich am Morgen ihrer Hochzeit eine Kutsche aus Carnarvon, denn die Straßen zwischen diesem Ort und Llanwyllan waren an manchen Stellen für eine Kutsche fast unpassierbar, und wäre der Herbst nicht ungewöhnlich schön und trocken gewesen, wäre es auch vollkommen so gewesen. Am 3. Oktober , zu sehr früher Stunde, traf sich die kleine Gesellschaft in Powis' Haus und ging von dort zur Dorfkirche, wo Mordaunt seine schöne Braut aus der Hand ihres Vaters empfing. Mr. Ross führte die Zeremonie durch und fügte am Ende ein improvisiertes und äußerst beredtes Gebet für das Glück der ihm so teuren Freunde hinzu, mit einer Inbrunst der Hingabe, die jedem Tränen in die Augen trieb. Als die ganze Gesellschaft die Sakristei verlassen hatte, nachdem die Eheschließung von Constantine Frederick Mordaunt und Ellen Powis registriert worden war , traten Ross und Mordaunt einen Augenblick zurück, als ob sie etwas vergessen hätten : Als sie zurückkamen, hörte Ellen Ross sagen: „Ich verlasse mich bedingungslos darauf und bitte darum, dass es so bald wie möglich geschieht." „Verlasst euch auf meine heilige Ehre ", antwortete Mordaunt nachdrücklich: „oder, wenn Ihr es wünscht, auf meinen feierlichsten Eid." „Das ist nicht nötig", sagte Ross; „ich bin zufrieden." „Dann bin ich es auch", dachte Ellen, „denn so seltsam solche häufigen Mysterien auch erscheinen mögen, Ross würde, da bin ich mir sicher, niemals an einem teilnehmen, das nicht vollkommen unschuldig ist."

Versuchen wir nicht, den Abschied von Powis und seiner Tochter zu beschreiben, der eine Stunde nach Abschluss der Hochzeitszeremonie stattfand . Mordaunt wiederholte seine Versicherung, wenn möglich im nächsten Sommer nach Llanwyllan zurückzukehren ; dann trennte er Ellen fast mit Gewalt von ihrem Vater, setzte sie in die Kutsche und verbeugte sich hastig zum Abschied. Die Bewegung der Kutsche, an die sie überhaupt nicht gewöhnt war, weckte Ellen aus der Ohnmacht, in die sie gefallen war, und

Mordaunts zärtliche Beruhigungen brachten sie schließlich wieder zu sich und beruhigten sie. Als sie weiterfuhren, weckte das abwechslungsreiche Gesicht des Landes, die schöne und weite Landschaft, durch die sie reisten , die ganze sanfte Begeisterung ihres jugendlichen Geistes, der die Niedergeschlagenheit, die durch die Trennung von ihren ersten Bindungen verursacht wurde, abschüttelte und sich der Wahrnehmung der glücklichen Aussichten bewusst wurde, die die Zukunft bieten könnte.

"Und du, oh! Hoffnung, mit so schönen Augen ,
was war dein entzücktes Maß?
Immer noch flüsterte es verheißenes Vergnügen und
hieß die schönen Szenen in der Ferne grüßen."

Nach mehreren Reisetagen, bei denen sie gelegentlich anhielten, um sich auszuruhen und bemerkenswerte Dinge zu betrachten, die sie für sehenswert hielten, erreichten sie die Passage, überquerten sie und betraten bald darauf die Stadt Bristol. Es wäre unmöglich, Ellens Erstaunen über all die Wunder der neuen Welt, die sie umgab, zu beschreiben; so fremd erschien ihr alles , dass der Einfluss, den Mordaunt auf ihren Geist hatte, sie kaum von Ausrufen des Erstaunens abhalten konnte, die den Menschen um sie herum die vollkommene Abgeschiedenheit verraten hätten, in der sie bis dahin gelebt hatte. Nachdem er ihr alles gezeigt hatte, was in Bristol und seiner interessanten Umgebung der Bemerkenswertheit wert war, nahm Mordaunt seine schöne Braut mit nach Bath, an dessen Eleganz sie besonders erfreut war. Die Straßen und Geschäfte waren für jemanden, dem alles so neu war, eine ständige Quelle der Unterhaltung ; hier blieben sie jedoch nur drei Tage, während derer Mordaunt für Ellen eine solche Auswahl an Kleidern besorgte, dass sie ganz außergewöhnlich erschien; und sie begann zu glauben, ihr Mann sei entweder sehr reich oder sehr verschwenderisch, obwohl in Wahrheit alle seine Einkäufe kaum die „unverzichtbaren Bedürfnisse" der meisten *jungen Damen befriedigten* , die eigentlich keine höheren Ansprüche hatten als Ellen Powis ; und Mordaunt erschien alles andere als mehr als ausreichend für ihren gegenwärtigen Bedarf. Darunter befanden sich ein elegantes neues Reitkostüm und ein Hut; und Ellens zarte Figur kam in diesem Kleid so gut zur Geltung, dass niemand gedacht hätte, sie sei erst vor kurzem aus einem so entlegenen Ort fortgezogen. Ihre natürliche Anmut verhinderte, dass sie auch nur im Geringsten unbeholfen wirkte; und ihr neues Kleid verlieh ihr eine mondäne Ausstrahlung, die Mordaunt entzückte.

Von Bath aus fuhren sie nach London, wo Mordaunt für vierzehn Tage eine sehr schöne Unterkunft nahm, wenn auch nicht im vornehmsten Teil der Stadt, aber doch in einer schönen Straße, wo sie sich nach den Strapazen einer so langen Reise ausruhten. Mordaunt sagte seiner Frau, er wolle sie bis zum nächsten Frühjahr nicht zu öffentlichen Vergnügungen mitnehmen , wenn er hoffe, mit ihr wieder nach London zu kommen, und wenn auch einige Damen seiner Bekanntschaft dort sein und sie begleiten würden. Ellen, die kein größeres Vergnügen als seine Gesellschaft wünschte, war mit dieser Vereinbarung sehr zufrieden: Während ihres Aufenthalts in London gingen sie daher selten aus; aber Mordaunt vertraute ihr zwei- oder dreimal an, dass sie unter der Obhut der Person, bei der sie wohnten (die eine sehr respektable Frau war), in verschiedene Geschäfte ging, stattete sie großzügig mit Geld aus und bestand darauf, dass sie eine sehr vollständige und elegante Garderobe mitbrachte. Mehrere Male wollte Ellen seine Großzügigkeit eindämmen, indem sie ihm versicherte, sie habe von allem schon so viel , wie sie sich wünsche; er aber erwiderte, sie könne nicht einschätzen, was sie brauchen werde, wenn sie aufs Land fahre, und sie müsse ihm den Gefallen tun, alles in Hülle und Fülle und aus den besten und modischsten Materialien zu kaufen; auch verließ er nie das Haus, ohne ein elegantes Schmuckstück oder eine Schmuckgarnitur für sie mitzubringen; so wenig sie auch den Wert des Geldes einschätzen konnte, war sie doch überrascht und ein wenig beunruhigt, Mordaunt so verschwenderisch mit seinem Geld zu sehen , denn zusätzlich zu den hohen Ausgaben, die er für ihre Kleidung aufbringen würde, hatte er Mrs. Birtley (die Person, in deren Haus sie wohnten) gebeten, eine junge Frau als Kellnerin für seine Frau einzustellen; und Ellen fand ihre neue Dienerin wirklich so viel damenhafter, als sie es bis vor kurzem noch für sich selbst gehalten hatte, dass sie kaum wusste, wie sie ihr Befehle erteilen sollte. Mordaunt hatte für die Zeit ihres Aufenthaltes in der Stadt außerdem einen Streitwagen und Pferde gemietet .

Als ihre Vermieterin die außerordentliche Jugend und Einfachheit Ellens bemerkte, im Gegensatz zu dem weltmännischen und mondänen Auftreten, das bei Mordaunt so auffiel , und auch, dass er, obwohl er es kaum zu ertragen schien, sie aus den Augen zu verlieren, selten mit ihr ins Ausland ging und dass sie offenbar weder Freunde noch Verbindungen in London hatten, begann sie Vermutungen anzustellen, die ihren Gästen nicht gerade zugute kamen. Und da sie eine Frau von gutem Charakter war, wenn auch mit einer etwas misstrauischen Neigung, war sie nicht traurig, wenn sie ihre Gemächer verließen.

Mordaunt beschloss, Jane, Ellens neue Zofe , nicht mitzunehmen, hinterließ ihr jedoch die Anweisung, mit der Postkutsche in die Stadt zu reisen, die seinem Wohnsitz in Northamptonshire am nächsten lag . Dort sollte sie von einem Diener abgeholt werden, der sie zu seinem Haus begleiten würde.

Am ersten Tag ihrer Reise schien Mordaunt manchmal in tiefes Nachdenken versunken zu sein, und als ob ihm die verschiedensten Gedanken durch den Kopf gingen, nahm er oft Ellens Hand in seine eigene und drückte die Verzückung aus, die er in der Gewissheit empfand, ihre Zuneigung zu besitzen und dass sie ihm ganz sicher gehörte. Dann fügte er hinzu: „Denk daran, Ellen, du hast mir versprochen, mich *in guten wie in schlechten Zeiten anzunehmen* . Sag mir, glaubst du, dass eine Veränderung meiner Lage deine Liebe zu mir beeinträchtigen könnte?" Auf diese Fragen antwortete sie so zärtlich und liebevoll, dass sie für eine Weile jedes unbehagliche Gefühl aus seinem Kopf zu vertreiben schienen; doch von Zeit zu Zeit kehrte seine Nachdenklichkeit zurück und begann schließlich, Ellen eine Art Angst einzuflößen, die sie nicht ganz überwinden konnte.

Am nächsten Tag schlug Mordaunt vor, sich ein paar Stunden in einem netten Dorf auszuruhen. Es liege, wie er ihr sagte, nur etwa dreißig Kilometer von seinem Haus entfernt, aber er glaube, es sei angenehmer für sie, erst gegen Abend nach Hause zu kommen. Dem willigte sie bereitwillig ein. Es war ihr zwar sehr angenehm, aber wäre es auch weniger angenehm gewesen, so kannte sie keinen anderen Willen als den seinen.

Nach dem Frühstück kam die Wirtin des Gasthofs, in dem sie gegessen hatten, herein und Mordaunt fragte sie, wie weit es von dort bis zum Schloss St. Aubyn sei ; sie antwortete, ungefähr neunzehn Meilen: Nachdem er ihr noch einige Fragen über die Länge der Etappen usw. gestellt hatte, erkundigte er sich, ob sie Lord St. Aubyn kenne ; sie antwortete, sie habe Seine Lordschaft einmal gesehen, bevor er ins Ausland ging, aber sie habe gehört, dass er nun bald wieder zu Hause erwartet werde; ein Herr, der vor wenigen Tagen bei ihr zu Hause übernachtet hatte, sagte ihr, Seine Lordschaft sei vor kurzem aus Spanien zurückgekehrt und käme in Kürze zum Schloss. Auf die Frage, ob sie wisse, wer dieser Herr sei, sagte sie, es sei der Reverend Doctor Montague, der Hauskaplan Seiner Lordschaft. Mordaunt fragte sie dann, ob Lord St. Aubyn Er war in seiner Nachbarschaft sehr beliebt und sie würdigte seine Wohltätigkeit gegenüber den Armen und seine Freundlichkeit gegenüber seinen Bediensteten und Angehörigen in hohem Ansehen .

Ellen flüsterte hier ihrem Mann zu, dass sie sich erkundigen wolle, was für einen Charakter *ein gewisser Mr. Mordaunt* , der Verwalter seiner Lordschaft, habe. Mordaunt lachte und sagte, sie sei sehr bösartig und hoffe nur, etwas Schlechtes über ihn zu hören. Dann wiederholte sie ihre Frage und sah ihn dabei scherzhaft an, worauf die Wirtin antwortete, sie kenne Mr. Mordaunt nur dem Namen nach, aber sie habe gehört, er sei ein sehr ehrenwerter alter Herr. Der Gedanke, dass Mordaunt ein *alter Herr* genannt wurde, vergnügte Ellen so sehr, dass sie in ein Lachen ausbrach, das sie nicht unterdrücken konnte, in das Mordaunt so herzlich einstimmte, dass es die gute Frau halb beleidigte, die, in der Annahme, sie habe einen Fehler begangen, sofort das Zimmer verließ.

„Komm, meine liebe Ellen", sagte Mordaunt , als er seine Züge wieder beruhigt hatte, „lass uns einen Spaziergang durch dieses nette Dorf machen:

es ist lange her, dass du die reine Landluft genossen hast." „In der Tat, mein lieber *alter Herr*", antwortete Ellen fröhlich, „ich werde sehr froh sein, wieder einmal die Freiheit zu haben, ein wenig spazieren zu gehen, denn ich begann die Fesseln einer Kutsche zu ertragen, die ich, als wir Llanwyllan verließen , so wunderbar fand, dass ich nie genug davon haben könnte."

KAPITEL XI.

Sie sehen mich, Lord Bassanio , wo ich stehe,
so wie ich bin. Für mich selbst allein
wäre ich in meinem Wunsch nicht ehrgeizig und würde
mir nicht viel mehr wünschen, für Sie jedoch
wäre ich zwanzigmal so groß, tausendmal
schöner, zehntausendmal
reicher – aber in Wirklichkeit bin ich
ein ungebildetes , unerfahrenes Mädchen .
Glücklich darüber ist sie, dass sie noch nicht zu alt ist,
um nicht lernen zu können. Und glücklicher noch als dies ist sie, dass
sie nicht zu langweilig erzogen wurde, um nicht lernen zu können.
Am glücklichsten von allem ist sie, dass ihr sanfter Geist
sich der Ihren anvertraut und sich von ihnen leiten lässt.

KAUFMANN VON VENEDIG.

Nachdem sie durch einige sehr schöne Felder gewandert waren, kamen sie zu einem abgelegenen Fleckchen, wo hohe Bäume einem kleinen, murmelnden Bach Schatten spendeten, in dessen Nähe ein sehr gepflegtes Bauernhaus ihre Aufmerksamkeit erregte.

"Ah, das erinnert mich an das liebe Llanwyllan !", sagte Ellen. "Wie gern würde ich mich hier eine Weile hinsetzen!" "Das", antwortete Mordaunt , "kann leicht erreicht werden." Dann ging er zur Tür, wo er eine hübsch aussehende ältere Frau, die Frau des Bauern, traf. Er sagte, er sei durstig und bat sie, ihm einen Schluck Milch oder Molke zu geben, was sie sehr höflich tat und sie bat, hereinzukommen. Ellen, entzückt vom Anblick des Hofes und dem Geruch der Molkerei, willigte bereitwillig ein, und auf Mordaunts Wunsch hin sagte die gute Frau, sie würde ihnen etwas Sahne, Brot usw. geben. Mit großer Höflichkeit führte sie sie daher in ein hübsches Wohnzimmer , stellte ihnen Schwarzbrot, Sahne und einige Bündel gut reifer Weintrauben vor und überließ sie sich selbst.

Ellen sagte: „Nun, mein lieber Mordaunt , ich fühle mich wirklich, als wäre ich wieder zu Hause und kann *die Ehre* (wie Sie es nennen) an diesem kleinen Tisch ganz passabel erweisen; aber wenn Sie, wie ich vermute, oft von hohen Leuten in Ihrer Nähe besucht werden, werden Sie dann nicht oft wegen Ihres unbeholfenen kleinen Bauerntums erröten müssen?“ „Wenn ich das befürchtet hätte“, antwortete Mordaunt , „hätte ich es nicht gewagt; aber, wie ich Ihnen oft gesagt habe, wird die natürliche Schicklichkeit Ihres Benehmens sehr gut den Platz künstlicher Anmut einnehmen; und was die bloßen Formen der Gesellschaft betrifft, so sind sie so leicht zu erlernen, dass Sie sie schnell erlangen werden: Aber sagen Sie mir, Ellen, könnten Sie nach dem flüchtigen Blick, den Sie auf etwas Verfeinerteres geworfen haben, jetzt zufrieden sein, für den Rest Ihres Lebens hier zu sitzen?" „Mit Ihnen", antwortete die zärtliche Ellen, „könnte ich überall nicht nur zufrieden, sondern auch glücklich sein , doch ich gestehe, *Sie* scheinen mir für etwas so Höheres geschaffen zu sein, dass ich es für immer bedauern würde, dass Sie auf eine so begrenzte Sphäre beschränkt sind."

Mordaunt , entzückt von der Süße ihrer Worte und ihres Benehmens, wusste kaum, wie er ausdrücken sollte, wie sehr ihm alles, was sie sagte, gefiel. Nach ein paar Minuten öffnete er das kleine Fenster, denn der Tag war mild und klar, eher wie im Frühling als wie im Novemberanfang. Er pflückte einige späte Blüten eines weißen Jasmins , die darum herum wuchsen und an diesem geschützten Ort, so mild war die Jahreszeit gewesen, noch immer ihre Schönheit bewahrten. Er wand sie mit einigen sehr kleinen Weinblättern auf eine ganz besondere Art über ihre Stirn, durch ihr feines Haar, und ließ sie in den kleinen Spiegel schauen, der in dem Zimmer hing, in dem sie saßen. Er sagte:

„Da, Ellen, *das* sieht der Krone einer Gräfin sehr ähnlich; der Jasmin könnte als Perlen durchgehen und der kleine Weinzweig als Erdbeerblätter: wie würde dir eine mit Perlen oder Diamanten gefallen? Ich denke, sie steht dir unnachahmlich gut." „Dieser einfache Kranz könnte es", sagte sie lächelnd, während sie sich selbst betrachtete; „aber ich glaube, diese kleine bäuerliche Person würde nicht sehr gut zu dem prächtigen Schmuck passen, den du beschreibst." Er lächelte und sagte: „Nimm ihn nicht ab, sondern setz dich, und ich erzähle dir eine Geschichte." „Eine Geschichte! – herrlich! Ich hoffe, sie ist unterhaltsam." „ Sehr unterhaltsam und vollkommen wahr. *Es war einmal* : Gefällt dir dieser Anfang?" „Nicht besonders; er ist zu kindisch: Versuch es noch einmal." „Also, einst in den Tagen von König Artus –" „Oh! Geh nicht ganz so weit zurück – deine Geschichte wird den ganzen Tag dauern." „Was! Ein walisisches Mädchen und nicht gern eine Geschichte von König Artus hören. Oh! Höchst verkommenes Fräulein." Ellen lachte immer noch und sagte: „Komm, lieber Mordaunt , beeil dich, ich möchte diese interessante Geschichte unbedingt hören."

Er stellte sich neben sie und sagte etwas aufgeregt:

"Ellen, es ist an der Zeit, einige der geheimnisvollen Worte aufzuklären, die du mich in Llanwyllan hast sagen hören : Was wirst du mir sagen, wenn ich dir sage – aber sei nicht beunruhigt – wenn ich dir sage, dass ich dich, obwohl ich eigentlich *Mordaunt heiße* , *getäuscht habe* – denn das ist nicht meine *einzige* Bezeichnung: sieh nicht so überrascht und verwirrt aus, meine Liebe; ich bin dem Mann, für den du mich hältst, nicht *unterlegen* : er ist tatsächlich mein

Verwandter, da er der leibliche Sohn des Bruders meines Vaters ist; er ist viele Jahre älter als ich. Sag mir, Ellen, hast du Angst, den Rest zu hören?" "Nein", antwortete sie fest, wenn auch mit Anzeichen ungeduldiger Neugier in ihrem Gesicht. "Ich bin so von deiner Integrität überzeugt, dass ich, wer oder was auch immer du sein willst, glücklich bin, deine Frau zu sein, und bereit bin, deinen Stand zu teilen, wie niedrig er auch sein mag . " "Bezauberndes Geschöpf!" rief er aus und drückte sie an seine Brust: „Dann wissen Sie, dass, wenn die Krone, die Ihre Stirn ziert, aus dem kostbarsten Material wäre und nicht aus einer einfachen Blume, sie von Rechts wegen Ihnen gehört , denn ich bin der Graf und Sie sind die Gräfin von St. Aubyn ."

Einen Augenblick rang Ellen mit der überwältigenden Überraschung , dann sagte sie: „Wie konnten Sie sich zu jemandem herablassen, der so weit unter Ihnen steht?" „Unter mir!", erwiderte er – „oh, in jeder Hinsicht , außer in der bloßen Geburt, wie sehr sind Sie mir überlegen! Aber die Überraschung , meine sanfte Liebe, hat Sie ein wenig blass gemacht; erholen Sie sich und lassen Sie mich Sie wieder so fröhlich und verspielt sehen, wie damals, als Sie sich nur für Mrs. Mordaunt hielten ." Er richtete seine durchdringenden Augen auf sie, selbst in diesem zarten Augenblick versuchte er herauszufinden, ob sie durch unangemessenen Stolz oder Eitelkeit erregt wurde, aber von solch unwürdiger Leidenschaft war keine Spur zu sehen. Überrascht und erstaunt wie sie war und wie sie ein gewisses Nachlassen der Leichtigkeit und Gleichheit spürte, mit der sie ihn erst kürzlich zu betrachten gelernt hatte, bedauerte Ellen mehr als halb, ihn ihr so weit überlegen zu finden und sich so sehr über die Stellung erhoben zu sehen, die sie aufgrund ihrer Bescheidenheit für die einzige hielt, die sie mit Anstand ausfüllen konnte. Und doch wäre sie mehr oder weniger eine Frau gewesen, wenn sie sich nicht von der selbstlosen Liebe bezaubert gefühlt hätte, die St. Aubyn bewies, als er sie zu seiner Frau machte.

Nachdem sie die Erregung, die diese interessante Entdeckung bei beiden hervorgerufen hatte, wieder etwas überwunden hatte, bat Ellen ihn, dessen Namen sie jedoch kaum zu nennen wusste, den Grund für sein Erscheinen in Llanwyllan in einer so unterlegenen Rolle zu erklären, was er mit folgenden Worten tat:

meine ganze Geschichte erzählen, meine Liebe, und ich möchte es auch nicht , obwohl du eines Tages alle Einzelheiten meines Lebens erfahren wirst. Mögen sie dir bekannt werden, ohne dein Glück zu schmälern!" Er seufzte und fuhr fort: „Einige häusliche Missgeschicke veranlassten mich zu verschiedenen Zeiten, mehrere Ausflüge unter dem Namen zu machen, den ich trug, als ich Sie zum ersten Mal traf, und der tatsächlich der meiner Familie ist: Seit meiner letzten Rückkehr vom Kontinent vor etwa sechs Monaten ließ ich meine Freunde oder Diener nicht wissen, dass ich nach

England gekommen war, sondern machte mich auf den Weg durch Wales, manchmal mit einem Transportmittel, manchmal mit einem anderen und nicht selten als bloßer Fußgänger. Ich war immer ein guter Wanderer und war es gewohnt, ganze Tage zu Fuß in den Bergen Spaniens zu verbringen; daher zog ich oft das Wandern vor, da es mir bessere Möglichkeiten bot, die romantischsten Landschaften zu erkunden. Bei einem dieser Ausflüge fand ich mich in Llanwyllan wieder ; dort wollte ich nur ein oder zwei Tage bleiben, bis der Zufall und die Gastfreundschaft Ihres Vaters Sie mir bekannt machten – muss ich Ihnen den Verlauf dieser Leidenschaft erzählen, die bald mein Herz eroberte und mich machtlos machte, Sie zu verlassen? Ein paar Tage entschieden mich, wenn Ihre Zuneigung gelöst war, alles in meiner Macht Stehende zu tun, um Ihre Liebe zu gewinnen; dennoch verzögerte ich meine eigene Erklärung in der Hoffnung, einige ungünstige Umstände zu einem günstigen Ende zu bringen; aber als ich merkte, dass unser guter Freund Ross anfing, sich um Sie zu sorgen, und ich in Ellens süßem Gesicht zu sehen glaubte, dass sie nicht glücklich war, hielt ich es für notwendig, eine Entscheidung zu treffen, und Ross erklärte ich meine *ganze Situation ausführlich: Er war von meiner* Ehre und Integrität so vollkommen überzeugt , dass er einwilligte, mir seine schöne Schülerin zu geben, selbst unter all den unangenehmen Umständen, die mich gegenwärtig in Verlegenheit bringen und quälen; und obwohl wir beide bezweifelten, ob eine von mir nur unter dem Namen Mordaunt geschlossene Ehe völlig bindend sein würde: Um diesem Einwand auszuweichen, verpflichtete ich mich ihm gegenüber, nicht nur solche Vereinbarungen mit Ihnen zu treffen, die mein großes Einkommen angemessen machte und mein Herz eingab, sondern Sie wieder zu heiraten, sobald ich dies ohne absolute Unschicklichkeit tun kann; und das werde ich tun, wenn ich noch lebe, bevor ich wieder schlafe; obwohl ich glaube, dass die Vorsichtsmaßnahmen, die wir getroffen haben, es unnötig machen, denn nachdem Sie am Tag unserer Hochzeit die Sakristei verlassen hatten, kehrten Ross und ich, wie Sie vielleicht bemerkt haben, zurück, und in seiner Gegenwart fügte ich den Namen von Constantine Frederick Mordaunt den Titel eines Grafen von St. Aubyn hinzu , was, daran habe ich keinen Zweifel, unsere Ehe vor jedem Gericht in England bestätigen würde: um jedoch alle möglichen Zweifel, jetzt oder in Zukunft, hinsichtlich dieses wichtigen Punktes zu vermeiden, besitze ich im Augenblick eine Sondergenehmigung , und heute Abend wird Montague in Castle St. Aubyn uns die Trauungszeremonie noch einmal vorlesen. – Sind Sie mit dieser Regelung zufrieden, meine Liebe?"

„Ich bin in allen Dingen so unwissend , dass ich mich nur auf Sie verlassen kann; was ich bedingungslos und mit vollem Vertrauen tue."

Ellen fragte dann St. Aubyn , ob Doktor Montague wisse, wen er in Wirklichkeit ihrem Vater empfahl, oder ob er annehme, dass es sich tatsächlich um Mr. Mordaunt handele . Lord St. Aubyn lachte über diese Frage und meinte, Montague hätte Grund gehabt, überrascht zu sein, wenn er gehört hätte, dass Mordaunt heiraten würde, da er ein sehr steifer alter Junggeselle von mindestens sechzig Jahren sei; Tatsache sei aber, dass er Montague persönlich aus Llanwyllan geschrieben und ihn informiert habe, wer die Person wirklich sei, nach der Powis sich erkundigen werde, und ihn gebeten habe, ein solches Bild von *dieser Person zu zeichnen, wie er es für angemessen halte, nur seinen wirklichen Titel nicht zu verraten, da er den Ruhm* vermeiden wolle, den eine solche Entdeckung nach sich ziehen würde, wenn sie während ihres Aufenthalts in Llanwyllan gemacht würde .

Nach einer kurzen weiteren Unterhaltung über dieses interessante Thema verabschiedeten sich St. Aubyn und seine Ellen von ihrer gastfreundlichen Gastgeberin, nachdem sie sie für die Mühe, die sie ihr bereitet hatten, aufs großzügigste entlohnt hatten. Da der Tag schon weit fortgeschritten war, als sie das Dorf erreichten, bestellten sie sofort eine Kutsche und fuhren zum Ende der nächsten Etappe, wo sie zu Abend aßen. St. Aubyn teilte Ellen mit, dass seine eigene Kutsche sie abholen und zum Schloss bringen würde, wo seine Dienerschaft ihre Dame zu erwarten hatte.

Noch bevor sie zu Abend gegessen hatten, fuhr eine elegante neue Reisekutsche mit vier Personen, mit Diademen auf den Paneelen und Vorreitern in reichen Livreen, vor die Tür, und der Gastgeber, der keine Ahnung vom Rang seiner Gäste hatte, da diese in einer unbeaufsichtigten Droschke ankamen, war gerade dabei, den Dienern zu verleugnen, dass Lord und Lady St. Aubyn da waren, als der Graf die Schärpe hochschlug und den Männern befahl, sich zu bewegen, aber die Pferde nicht anzuspannen, da er in einer halben Stunde abreisen würde. Während er sprach, hielt die Postkutsche aus London vor der Tür, und Ellens Zofe stieg aus und erkundigte sich, ob ein Diener von einem gewissen Mr. Mordaunt aus dieser Gegend auf sie warte. St. Aubyn rief einen seiner Männer und bat ihn, die junge Frau zu Lady St. Aubyn zu schicken . Der Mann gehorchte und sagte der erstaunten Jane, sie müsse gehen und mit seiner Dame sprechen . „Wozu, bitte?“, antwortete Jane keck. „Das werde ich wirklich nicht tun. Ich gehe gleich weiter und möchte nicht, dass solche Kerle wie Sie mit mir scherzen.“ „Jane!“, sagte Ellen und näherte sich dem Fenster, um einem Dialog ein Ende zu setzen, von dem sie befürchtete, dass er mehr verraten könnte, als die Diener wissen sollten. „Oh, liebe Ma'am, sind Sie da?“, antwortete Jane. „Oh! Ich bin so froh. Ich komme gleich zu Ihnen, Ma'am.“ Einer der Männer, der sich eine Gelegenheit wünschte, seine neue Dame zu sehen , sagte: „Kommen Sie, junge Frau, ich werde Ihnen den Weg zu Ihrer Ladyschaft zeigen.“

Das arme Mädchen war durch diese unterschiedlichen Anweisungen so verwirrt, dass sie glücklicherweise nicht die Macht hatte, abzulehnen oder überhaupt zu sprechen, sondern dem Diener in das Zimmer folgte, wo St. Aubyn und Ellen saßen. „So", sagte der Diener leise und stieß sie leicht an, „geh hinein, Kind – das ist meine Herrin." „Hab Geduld", sagte Jane und wandte sich scharf zu ihm um, „ich sage dir, das ist meine Herrin . Ich nehme an, du willst mich überzeugen, dass ich meine eigene nicht kenne –" „Leise, Jane", sagte St. Aubyn , „so, geh hinein und sprich mit deiner Herrin, und du, Thomas, kannst gehen; wir werden bald bereit sein, aufzubrechen."

Er ließ Jane bei ihrer Dame , da er bei der Erklärung nicht anwesend sein wollte. Ellen erklärte dem erstaunten Mädchen, dass sie aus besonderen Gründen ihren Titel in London geheim gehalten hatte und nicht wollte, dass sie den anderen Bediensteten sagte, dass sie sie jemals unter einem anderen Namen gekannt hatte. Jane versprach sehr bereitwillig Gehorsam und war nicht wenig erfreut, als sie Lady St. Aubyns eigene Frau fand , anstatt als Zofe der schlichten Mrs. Mordaunt . Tatsächlich hatte Mrs. Birtley einige Skrupel gehabt, sie dem geheimnisvollen Paar überhaupt folgen zu lassen, und forderte sie auf, ihren Platz zu verlassen und sofort nach London zurückzukehren, wenn sie nicht alles in Ordnung fände, was Ellen durch ihre unbedachten Andeutungen verriet, die ein wenig verwirrt war, als sie hörte, dass ihre Situation so missverstanden worden war. „Und da, Ma'am – bitte verzeihen Sie – Mylady – da, Euer Ladyschaft;" (denn Jane war bereit, ihre frühere Unwissenheit wiedergutzumachen, indem sie Ellens Titel so oft wie möglich verwendete) – „da haben Eure Ladyschaft ein Buch bei Mrs. Birtley hinterlassen – ich habe den Namen vergessen; es war ein Gedichtband, und an einer Stelle stand darin ‚CFM an Ellen P.', und ich hätte es mitnehmen sollen, aber Mrs. Birtley war nicht zu Hause, als ich wegkam, also konnte ich es nicht haben, und das war sehr schade, denn es ist sehr schön, in einem schönen Einband und mit wunderschönen Bildern: eines davon war ein Mann, der von einem Felsen springt, als ob er ins Meer springen würde, und er trägt eine Art Priestergewand und ein Musikinstrument in der Hand, so etwas wie eine Gitarre, aber nicht ganz." „Ich weiß, welches Buch Sie meinen", sagte Ellen; „es waren Grays Gedichte. Es tut mir leid, dass ich es zurückgelassen habe." „Ja, Ma'am – ich meine Mylady, das war genau das Buch; aber ich vermute, Eure Ladyschaft kann es bekommen, wenn sie es an Mrs. Birtley schickt ; und an einer Stelle, Mylady, war ein Abdruck eines Friedhofs, und über dem Abdruck stand ‚Lieber Landwilliam ' oder so ähnlich." „Ja, Jane, ja; das ist das Buch – das reicht; jetzt geben Sie mir meinen Hut, und steigen Sie herunter und fragen Sie, ob Lord St. Aubyn auf mich wartet."

Es war das erste Mal, dass Ellen ihre Lippen formte, um Lord St. Aubyn zu sagen , und sie fragte sich, ob sie sich je an den Klang gewöhnen würde. Jane wurde an der Tür von einem der Diener empfangen, der wissen wollte, ob ihre Dame bereit sei, da sein Herr ihn gebeten hatte, zu sagen, dass die

Kutsche vorgefahren sei. Jane, erstaunt über ihre eigene Großartigkeit, Ma'am genannt und von einem so feinen Gentleman so respektvoll angesprochen zu werden , kehrte mit doppeltem Respekt und einer erneuten Bekräftigung von „meine Damen" zu Ellen zurück. Ellen sagte, sie sei bereit, und lief hinunter. „Kommen Sie, meine Liebe", sagte St. Aubyn , „wir werden spät nach Hause kommen."

Ellens Herz klopfte, als sie an ein Heim dachte, das ihre höchsten Vorstellungen von Pracht so weit übertraf , und daran, in eine Position berufen zu werden, der sie sich nicht gewachsen fühlte; doch sie beruhigte sich, so gut sie konnte; denn sie sah, dass sie sich behaupten und sich mit einem gewissen Maß an Würde und Selbstbeherrschung benehmen musste, um ihrem Herrn zu gefallen : Sie gab ihm daher ihre Hand mit Zärtlichkeit, aber mit einer gewissen Gelassenheit, als ob sie sich nicht zu sehr über ihre neuen Ehren freute oder kindlich über ihre neue Kutsche erfreut wäre: Er sah das und war entzückt von ihrer gerechten Urteilskraft und ermutigte sie mit den Worten: „Immer, meine Ellen, alles, was ich wünsche." Dann setzte er sie in die Kutsche, und Jane folgte ihr mit dem Gepäck in einer Kutsche. Sie machten sich rasch auf den Weg nach Castle St. Aubyn . Als sie sich ihm näherten, kamen sie an einem hübschen kleinen Herrenhaus vorbei, das auf einem kleinen Rasen stand, umgeben von blühenden Sträuchern, und von dem St. Aubyn Ellen erzählte, dass es das Haus des *echten* Mr. Mordaunt sei . „Genau so einen Ort", sagte sie, „hätte ich mir als Ihren Wohnsitz vorgestellt, allerdings nicht in Wales, denn dort stieg meine Vorstellungskraft nicht auf so hohe Höhen; aber seit wir in England waren und ich die kleineren Häuser der vornehmen Leute gesehen habe, stellte ich mir Ihren so vor ." „In wenigen Minuten, meine Liebe", antwortete er, „werden wir uns meinem wirklichen Zuhause nähern, und ich bin sehr glücklich, sagen zu können, dass es auch das Zuhause meiner Ellen ist; obwohl es in einem anderen Stil ist, wird es, hoffe ich, genauso sehr Ihrem Geschmack entsprechen, wie dieser hübsche Ort zu sein scheint."

Während er sprach, kam einer der Vorreiter an der Kutsche vorbei, klingelte an einem Pförtnerhäuschen, die großen, eleganten Eisentore öffneten sich und führten in einen herrlichen Park von ungewöhnlichen Ausmaßen. Hier war die Hand der Kunst ihr gefolgt und hatte die der Natur nicht behindert: Große Bäume, in Gruppen oder einzeln, je nach dem reinsten Geschmack, angeordnet, spendeten Schatten und schmückten den grünen Rasen. Ein schönes Stück Wasser, das fast wie ein schöner See aussah, mit einem eleganten Vergnügungsschiff vor Anker an seinem Ufer, säumte eine Seite der Straße, die zum Haus führte . Sein klares Wasser wurde von verschiedenen Wasservögeln belebt, und an den abfallenden Rändern befanden sich helle und geschmackvolle Käfige für Gold- und Silberfasane und andere ausländische Vögel; während Herden der schönsten Hirsche in malerischen Gruppen unter den Bäumen oder beim Herannahen der Kutsche davonspringend der Szene neue Leben einhauchten.

Obwohl das hereinbrechende Dämmerlicht kaum ausreichte, um die Hälfte der Schönheiten um sie herum zu erkennen, stieß Ellen jeden Augenblick Freudenschreie aus, die St. Aubyn sehr erfreuten. Doch als sie sich dem riesigen Gebäude näherten, das, wie er ihr sagte, das Haus sei, nahm sie allmählich eine gelassenere Haltung an, entschlossen, der Dienerschaft nicht zu verraten, dass ihr solche Dinge völlig neu waren.

KAPITEL XII.

Ein glücklicher ländlicher Sitz mit abwechslungsreicher Aussicht,
Haine, deren üppige Bäume duftendes Harz und Balsam vergossen.— —
—
Dazwischen
waren Rasenflächen oder ebene Hügel und Herden, die das zarte Kraut
abgrasten, verstreut;
oder palmenbewachsene Hügel oder der blühende Schoß
eines bewässerten Tals breiteten ihren Vorrat aus,
Blumen in allen Farben.———
Inzwischen strömen murmelnde Wasser
die Hügelhänge hinab und verteilen sich oder in einem See ———
vereinen ihre Ströme—
Die Vögel singen ihre Chöre, Lüfte, Frühlingsluft,
die den Geruch von Feld und Hain einatmen,
die zitternden Blätter———

PARADIES VERLOREN.

Eine Reihe von Bediensteten stand in der geräumigen Halle bereit, um ihren Herrn und ihre Frau zu empfangen. Unter ihnen war eine respektable Frau mittleren Alters, die sich mit tiefem Respekt, vermischt mit Tränen der Freude und Zuneigung, an den Grafen wandte: Er nahm freundlich und herablassend ihre Hand und sagte: „Meine gute Mrs. Bayfield, ich hoffe, es geht Ihnen gut: Ich freue mich, Sie so aussehen zu sehen. Sehen Sie, mein würdiger Freund, ich habe Ihnen eine neue Dame gebracht. Ellen, meine Liebe, ich bin sicher, ich muss Ihnen nicht sagen, dass Sie meine gute Haushälterin und Krankenschwester schätzen sollen, denn das war sie für mich in vielen Krankheits- und Leidenszeiten." Ellen reichte Mrs. Bayfield mit einigen freundlichen Worten ihre Hand, die sie höflich und mit einem Ausdruck tiefsten Respekts entgegennahm. St. Aubyn sprach auch mit großer Freundlichkeit mit den anderen Bediensteten und führte Ellen dann in eine prächtige Bibliothek, die, wie er ihr sagte, sein übliches Wohnzimmer war , wenn er in St. Aubyn war . Ellen, erschöpft von ihrer Reise und den überraschenden Ereignissen des Tages, war damals nicht imstande, mehr als einen flüchtigen Blick auf die Stadt zu werfen; doch sie erkannte, dass es hier genug Unterhaltung und Bildung gab, um ein langes Leben auszufüllen, selbst wenn man sich ganz der Literatur widmete.

Nach wenigen Minuten betrat ein Mann von ehrwürdigem Aussehen, gekleidet in die Soutane eines würdigen Geistlichen, die Bibliothek, den St.

Aubyn Ellen als seinen Freund und Kaplan, den ehrwürdigen Doktor Montague, vorstellte. „Sehen Sie, mein lieber Montague", sagte er, „dieses reizende Geschöpf, das mir großzügig verziehen hat, dass ich ihr in einer angenommenen Rolle erschienen bin, und bevor sie wusste, wie viel höher mein wirklicher Stand war als der, in dem sie mich zum ersten Mal sah, versicherte mir aufs freundlichste ihre vollkommene Bereitschaft, mein Schicksal zu teilen, was auch immer es sein mochte." Er gab dem guten alten Mann ihre Hand, der sie zwischen seinen beiden Händen umfasste und sagte: „Verzeihen Sie, Madam, diese Freiheit bei einem Mann, der seit vielen Jahren die Zuneigung eines Vaters für Ihren ausgezeichneten Herrn empfunden hat." Ellen beugte ihr Knie vor ihm wie vor einem zweiten Ross, dessen Segen sie in dieser Haltung mit Joanna zu erbitten pflegte. Der ehrwürdige Mann verstand die anmutige Bitte, obwohl die Mode sie ihren Verehrern so lange verboten hat; und er hob die Hände und Augen und sagte: „Gott segne Sie, schöne Dame, und Sie, mein lieber Herr, mit ihr!"

St. Aubyn sagte dann ein paar Worte mit leiser Stimme zum Doktor, worauf dieser antwortete: „Gewiss, Mylord: Wenn Sie auch nur den geringsten Zweifel an der Rechtmäßigkeit Ihrer Ehe haben, ist dies bei weitem der beste Weg: Haben Sie die Erlaubnis ?" „Ja, hier", sagte der Earl: „prüfen Sie sie, wenn es Ihnen recht ist. Ellen, meine Liebe", fügte er hinzu und wandte sich ihr zu, „sind Sie zu sehr erschöpft oder würden Sie mir den Gefallen tun, Montague zu erlauben, uns die Trauungszeremonie vorzulesen: Ich habe eine besondere Erlaubnis vom Erzbischof und es wird nicht viele Minuten dauern?" Ellen verneigte sich schweigend und stimmte zu; und Montague, der sagte, es wäre angemessen, Zeugen zu haben, schlug vor, mit Mrs. Bayfield und Thornton, Lord St. Aubyns, zu sprechen. Gentleman , auf dessen Geheimhaltung sie sich verlassen konnten, da es natürlich wünschenswert war, dass die Transaktion nicht öffentlich wurde. Er ging daher zu ihnen, und nachdem er ihnen alles Nötige erzählt hatte, kamen sie sofort; und nachdem die Trauungszeremonie verlesen worden war , bereitete Montague eine Urkunde vor, die von allen Anwesenden unterzeichnet und in Ellens Obhut übergeben wurde.

Alle Beteiligten schienen erfreut, als diese peinliche Angelegenheit abgeschlossen war, was Ellen zwar erfreute, da es die extreme Bemühung ihres Herrn zeigte, jeden Zweifel auszuräumen, den sie möglicherweise hatte, aber es konnte für keinen von beiden angenehm sein. Bald darauf wurde ein Sandwichtablett mit Erfrischungen hereingebracht: Nachdem sie davon genossen hatten, wurden Ellen und die erstaunte Jane in ein elegantes Ankleidezimmer geführt, das mit einem noch prächtigeren Schlafzimmer verbunden war. Beide waren mit größter Sorgfalt eingerichtet, nicht nur in Bezug auf Kostbarkeit und Wirkung, sondern auch auf Bequemlichkeit und Komfort, wie die Vorrichtungen für heiße und kalte Bäder und jede luxuriöse

Ausstattung sowohl hier als auch in einem Ankleidezimmer für Herren auf der anderen Seite des Schlafzimmers deutlich zeigten. Janes tiefer Respekt für ihre Herrin konnte sie nicht völlig zum Schweigen bringen und auch nicht die Ausrufe des Staunens und der Freude unterdrücken, mit denen sie jedes elegante Möbelstück begrüßte: Vor allem ein reichhaltiges Service aus Toilettenpapier erregte ihre Aufmerksamkeit. „Wie schön, wie kostbar! Und auch hier, was für schöne Gläser! Meine Liebe, meine Dame, Sie können sich von Kopf bis Fuß sehen; und so klar, dass sie Sie, wenn möglich, schöner aussehen lassen, als Sie wirklich sind!"

Ellen, die mit solchen Dingen fast ebenso wenig vertraut war wie ihre Zofe , war nicht bedauert, dass nur dieses einfache Mädchen Zeugin ihrer Handlungen war, die einem geübteren Beobachter verraten hätten , dass sie selbst kaum den Nutzen der Hälfte der prächtigen Gegenstände vor ihr kannte. Sie bemühte sich jedoch, ein ernsteres Benehmen anzunehmen und Jane auf größere Distanz zu halten; aber das gutmütige Geschöpf mischte so viel liebevollen Respekt mit ihrem etwas zu vertraulichen Geplapper, dass Ellen ihr nicht böse sein konnte: Sie entließ sie jedoch so schnell wie möglich mit der wiederholten Warnung, den Bediensteten nicht zu verraten, dass sie sie jemals unter einem anderen Namen gekannt hatte als dem, den sie derzeit trug.

Am nächsten Tag besichtigte Ellen ihre edle Wohnung genauer: Die Höhe und Größe der Räume, die prächtigen Möbel und die reichen Dekorationen verwirrten ihre Sinne völlig, und als sie sich in einem großen Spiegel, der an einem Ende eines prachtvollen Salons hing, von Kopf bis Fuß reflektiert sah, bildete sie sich, wie die unschuldige Zilia [2], für einen Augenblick tatsächlich ein, es sei eine elegante Dame, die ihr entgegenkäme.

Als sie durch diesen Raum ging, betrat sie einen kleineren, der allerdings mit so erlesenem Geschmack ausgestattet war, dass er sie ganz bezauberte: Die Möbel und Vorhänge waren aus blassgrüner Seide, leicht mit Gold verziert; der Grund des blassgrünen Teppichs war mit der Nadel in Büschel der schönsten natürlichen Blumen eingearbeitet, die dort wirklich zu wachsen schienen. Die Tische, Stühle, Kandelaber und jedes Möbelstück waren nach antiken Vorbildern gestaltet und fielen Ellen durch die Vollkommenheit ihrer Formen und Anordnung ins Auge; es ist so wahr, dass das, was wirklich schön und von vollkommenem Geschmack ist, dem ungeübten ebenso gefallen wird wie dem kritischen Beobachter, vorausgesetzt, der natürliche Geschmack wurde nicht durch falsche Vorstellungen von Proportionen und Ornamenten verdorben.

Als die Gräfin zum Ausdruck brachte, dass ihr dieses Zimmer besonders gefiel, blickte sich Mrs. Bayfield vorsichtig um (sie hatte sich verpflichtet, ihr das Haus zu zeigen, da St. Aubyn dabei von Mr. Mordaunt unterbrochen

worden war , der ihm einige wichtige Papiere zur Durchsicht brachte):
„Wenn es Eurer Ladyschaft recht ist, ist es besser, Mylord nicht zu sagen,
dass Ihnen dieses Zimmer besonders gefällt." „Warum, Mrs. Bayfield?",
fragte Ellen, die von dieser Bitte und der Art und Weise, wie sie gemacht
wurde, überrascht war. „Nun, Madam", antwortete Mrs. Bayfield, „dieses
Zimmer und das kleine darin wurden von meiner verstorbenen Lady nach
ihrem eigenen Geschmack eingerichtet und immer ihr Salon und Boudoir
genannt; und seit ihrem Tod hat mein Lord die Zimmer nie gemocht." „
Lady St. Aubyn ist also noch nicht lange tot, nehme ich an", sagte Ellen;
„denn die Möbel dieser Zimmer scheinen fast neu zu sein." „Ungefähr sieben
Jahre, Madam; aber die Zimmer wurden kaum jemals benutzt: Sie wurden
kurz vor ihrer Abreise mit meinem Lord ins Ausland eingerichtet." „War
dieser schöne Teppich ihre eigene Arbeit?", fragte Ellen. „Oh je, nein,
Madam! Meine verstorbene Lady war zu heiter, um eine solche Arbeit zu
machen: Es war die *Mutter meines Lords* , die diesen Teppich gemacht hat."

„Ich dachte, Sie hätten die Mutter Ihres Lords gemeint, Mrs. Bayfield: Wen
nennen Sie dann Ihre verstorbene Lady?" „Die erste Frau meines Lords,
Madam, die verstorbene Gräfin von St. Aubyn ."

„Die *verstorbene Gräfin – die erste Frau* meines Lords !", wiederholte Ellen und
blickte sie mit größtem Erstaunen an . „Ich wusste es nicht; ich habe nie
gehört, dass mein Lord schon einmal verheiratet war." „In der Tat also",
sagte Mrs. Bayfield errötend und verärgert, „ich bin sicher, Mylady, wenn ich
es gewusst oder nur die geringste Ahnung gehabt hätte, dass mein Lord es
nicht erwähnt hatte, hätte ich kein Wort darüber verloren; aber ich weiß, dass
mein Lord nicht gern über die verstorbene Gräfin spricht, denn ihr Tod war
so – so – plötzlich und hat meinen Lord so schockiert, dass er seitdem kaum
noch von ihr gesprochen hat; und ich vermute, das war der Grund, warum
er Eurer Ladyschaft nie erzählt hat, dass er schon einmal verheiratet war."

Ellen, die mit dieser Erklärung nicht ganz zufrieden war, war dennoch etwas
verletzt über St. Aubyns außergewöhnliche Zurückhaltung: Sie stellte Mrs.
Bayfield mehrere Fragen, etwa, ob die verstorbene Gräfin hübsch gewesen
sei; wer sie vor ihrer Heirat gewesen sei; wie lange sie danach gelebt habe; wo
sie gestorben sei – und Mrs. Bayfield antwortete auf all diese Fragen mit
einem gewissen Anschein von Zurückhaltung und als ob sie das Thema nicht
abtun wolle; dass sie sehr hübsch und sehr jung gewesen sei, als Mylord sie
heiratete; dass sie eine entfernte Verwandte von ihm sei; und dass die ganze
Familie die Heirat herbeisehne; dass sie seit etwa drei Jahren verheiratet seien;
dass sie nur ein Kind hätten, einen Sohn, der im Alter von wenigen Monaten
gestorben sei, und dass die Lady im Ausland gestorben sei. „Und was war die
Todesursache, Mrs. Bayfield?" „In der Tat, Madam, ich weiß es nicht genau",
antwortete Mrs. Bayfield und sah ein wenig verwirrt aus: „Sie starb, wie ich
Ihrer Ladyschaft bereits erzählt habe, im Ausland und plötzlich."

Ellen sagte nichts weiter, denn sie war über die Gemeinheit erhaben, von einem Diener erfahren zu wollen, was ihr Herr offenbar vor ihr verbergen wollte; doch empfand sie eine geradezu schmerzhafte Neugier und wollte weitere Einzelheiten über ihre Vorgängerin erfahren, deren früher Tod ihrer Meinung nach die Ursache für die düstere Miene und das düstere Benehmen gewesen sein musste, die bisweilen noch heute in St. Aubyn zum Ausdruck kamen .

Das Boudoir im Inneren war im gleichen Stil wie das Wohnzimmer eingerichtet, allerdings etwas schlichter, und enthielt ein helles Bücherregal mit vergoldeten Drähten und einige elegante Blumenständer usw. Mrs. Bayfield schien so darauf erpicht zu sein, dass Ellen diese Gemächer schnell verließ, dass sie sie nur flüchtig in Augenschein nahm und fest entschlossen war, sich die Gemälde und Ornamente ein anderes Mal genauer anzusehen, wenn sie gelernt hätte, sich ohne Führer in ihrem eigenen Haus zurechtzufinden. Da das Boudoir das letzte der Zimmerfluchten auf dieser Etage war, stiegen sie als nächstes die edle Treppe hinauf und besichtigten die Schlafzimmer usw. und einen großen Salon voller Beispiele der schönen Künste: Großartige Gemälde, Büsten, Modelle usw. fielen hier überall ins Auge, und hier gesellte sich St. Aubyn zu ihnen, entließ Mrs. Bayfield, nahm Ellens Arm in seinen eigenen und zeigte ihr die Objekte, die ihrer Aufmerksamkeit am meisten würdig waren. Von allem um sie herum entzückt und entzückt von seiner Aufmerksamkeit und der Klarheit seiner Erklärungen, fühlte sich Ellen, als hätte sie in den letzten Stunden einen neuen Sinn gewonnen, so wenig Ahnung hatte sie zuvor von den Wundern der Kunst, die von der Hand des Geschmacks ausgewählt wurden. Von diesem Raum gingen sie in die Bibliothek, wo sie am Abend zuvor zu Abend gegessen hatten, an deren anderem Ende sich ein Gewächshaus befand, das durch Falttüren von der Bibliothek getrennt war und mit den erlesensten Pflanzen und blühenden Sträuchern gefüllt war, und an dessen Wänden ein vergoldetes Netz als Voliere für einige schöne Kanarienvögel und andere Vögel diente. Dieses Gewächshaus , das durch versteckte Öfen ständig warm gehalten wurde, bot mitten im Winter einen bezaubernden Ausblick auf den ewigen Frühling. Außerhalb des Gewächshauses sorgten edle Treibhäuser und Wintergärten für eine ständige Abfolge der schönsten Früchte und zarteren Blumen.

In der Bibliothek setzten sich St. Aubyn und seine dankbare Ellen zusammen, und dort erklärte er ihr seine Wünsche hinsichtlich ihrer Lebensweise für das nächste halbe Jahr. Er sagte ihr, dass sie zweifellos eine Zeitlang mit den wenigen Nachbarfamilien beschäftigt sein würde, die den Winter auf dem Land verbrachten und von denen er natürlich erwartete, dass sie sie besuchen würden. „Aber nachdem das geklärt ist, meine Liebe", sagte er, „lassen Sie uns eine vernünftige Art des Glücks vorschlagen, die nicht von den Launen anderer abhängt. Sie sind so jung und haben so umfassende geistige Kräfte, dass es leicht sein wird, jene Mängel in Ihrer Ausbildung auszugleichen, die aufgrund Ihrer zurückgezogenen Lage unvermeidlich waren. Und dies kann ohne jede Art von Aufsehen oder *Eklat geschehen*, da es durchaus nicht ungewöhnlich ist, dass Damen zum Abschluss Unterricht nehmen, selbst in einem höheren Alter als Ihrem. Zeichen- und Musiklehrer werden daher eingestellt, um Sie zu begleiten, wenn Sie nichts gegen diese Verwendung eines Teils Ihrer Zeit einzuwenden haben. In Französisch werde ich selbst dein Lehrer sein, und wir werden uns gegenseitig verbessern, meine Liebe, indem wir gemeinsam jene Autoren lesen, die du schon so lange kennenlernen wolltest. Wenn du ein paar Tanzstunden nehmen möchtest, kann das im Frühjahr geschehen, wenn wir in London sind, und sie könnten dir vielleicht ein wenig mehr Selbstvertrauen geben; denn in meinen Augen könnte keine erlernte Handlung oder modische Haltung den Verlust einer einfachen natürlichen Anmut wettmachen, die bei meiner süßen Ellen schon so auffällt: und was das Tanzen betrifft, bin ich ein so seltsames Wesen, dass ich den Gedanken nicht ertragen kann, dass eine verheiratete Frau sich jemals in der Öffentlichkeit zeigt und dem unverschämten Getuschel und der hasserfüllten Vertraulichkeit einer Gruppe von Gecken ausgesetzt ist." „Ich frage mich", dachte Ellen, „ob die frühere Lady St. Aubyn gern tanzte." „Im Frühjahr also", fuhr St. Aubyn fort, „werden wir für ein oder zwei Monate nach London fahren, nur um ein paar seiner Vergnügungen zu sehen, und wenn ich Lady Juliana Mordaunt, eine sehr steife, hochmütige alte Tante von mir, dazu bewegen kann, mir die Vernachlässigung zu verzeihen, die ich ihrer Meinung nach durch meine Heirat mit einem, wie sie annimmt, unter mir begangen habe, wird sie Ihre beste Führerin und respektabelste Anstandsdame sein." „Ach", seufzte Ellen bei sich, „was soll ich mit diesen steifen, stolzen Leute: Ich wünschte, ich wäre geblieben, was ich zu sein vorgab, nämlich die schlichte Mrs. Mordaunt. "

Ein leichter Anflug von Besorgnis huschte über ihr Gesicht, und St. Aubyn bemerkte dies, denn an Auffassungsgabe und Scharfsinnigkeit übertraf ihn nie jemand. Er sagte:

„Fürchte nichts, meine Liebe. Ich bin viel zu glücklich und zu stolz auf meine Wahl, um den Vorschlägen von Lady Juliana oder einer anderen Person auch nur die geringste Aufmerksamkeit zu schenken. Wenn sie sich anständig und wie es sich gehört zeigen, wird ihnen das Glück zuteil, dich zu besuchen. Wenn nicht, werde ich oder du ihnen niemals das geringste Zugeständnis machen. Ich werde dafür sorgen, dass du deine Würde und sogar deinen Stolz aufrechterhältst, wenn Stolz notwendig ist, und mit Verachtung auf solche unbedeutenden Wesen herabschaust. Es gibt eine Familie in unserer Nähe, die von Sir William Cecil, mit der wir hoffentlich sehr vertraut sein werden. Er ist Witwer und hat drei Töchter. Die älteste, Laura, ist aufgrund einer Enttäuschung in der frühen Phase ihres Lebens allein geblieben und ist jetzt, schätze ich, fast dreißig. Die zweite, Agatha, ist mit Lord Delamore verheiratet und lebt in Schottland. Die jüngste, Juliet, ist noch ein Kind und bei schlechter Gesundheit. Sie ist ein äußerst liebenswürdiges Geschöpf und hat außergewöhnliche Talente, ist aber leider so empfindlich. dass sie kaum einen Tag bei einigermaßen guter Gesundheit verbringt. Laura Cecil widmet sich ihr ganz und verlässt sie kaum je: Sie hat ihre gesamte Erziehung überwacht, wie sie es bei Lady Delamore tat , die einige Jahre jünger ist als sie selbst und der Laura sehr zugetan war. Agatha war außerordentlich schön und Laura ist eine hübsche Frau mit viel Würde in ihrem Auftreten , jedoch ohne hochmütige Affektiertheit. Ich hoffe, Sie werden mit ihr auf sehr freundschaftlichem Fuß stehen.“ „In der Tat, Mylord, nach Ihrem Bericht über Miss Cecil“, antwortete Ellen, „wünsche ich es aufrichtig. Nächsten Sommer, hoffe ich, werden wir nach Wales gehen, und dann erlauben Sie Joanna vielleicht, mit mir zurückzukehren.“ „Darüber werden wir später sprechen“, sagte St. Aubyn und stand hastig auf. „Lass nur den Frühling vorübergehen und alles gut sein, und die Wünsche meiner Ellen werden mir Gesetz sein; aber über den Frühling hinaus *darf ich im Moment nicht blicken* .“ „Und darf ich noch nicht fragen –“

„Frag nicht, forsche nicht“, unterbrach ihn St. Aubyn , „lass mich, wenn möglich, das schreckliche, das verhasste Thema vergessen. – Und es lebt dieses Wesen!“, rief er in einer Erregung, die jede Zurückhaltung verspottete, „es lebt dieses Wesen, das die Macht hat, die Seele von St. Aubyn zu erschüttern ; dessen rachsüchtiges Streben mich noch immer berauben könnte –“

Er hielt inne : sein blasses Gesicht wurde augenblicklich scharlachrot, und er verließ hastig das Zimmer, während Ellen erstaunt und verwirrt war und es schien, als ob jede Fähigkeit außer Kraft gesetzt wäre; doch nach zehn Minuten kam dieser geheimnisvolle Mann zu ihr zurück, gefasst und sogar heiter, und weder sein Gesicht noch sein Benehmen zeigten irgendwelche Spuren der Erregung, die ihn soeben noch erschüttert hatte: als ob nichts Außergewöhnliches geschehen wäre, bat er Ellen, nach ihrem Hut und ihrer Pelesse zu klingeln und mit ihm ins Vergnügungsgelände zu gehen. Sie kam der Bitte bereitwillig nach und war, wenn möglich, noch mehr überrascht und entzückt von der Pracht und Schönheit der Sträucher, Gärten usw. als von der Innenausstattung ihres prächtigen Wohnsitzes.

ENDE VON BAND I.

---

[1] Wahrscheinlich haben die meisten meiner Leser die kleine, ergreifende Geschichte gehört, auf die hier angespielt wird und die Herr Spencer in seinem kleinen Gedicht mit dem Titel Bethgelert sehr süß erzählt hat . Zum

Nutzen derjenigen, die sie noch nicht kennen, fügen wir den folgenden Bericht ein:

Der Überlieferung zufolge besaß Llewelyn der Große ein Haus an dem Ort, der heute Bethgelert heißt , und als er einmal nicht zu Hause war, drang ein Wolf darin ein. Als Llewelyn zurückkam, kam ihm sein Lieblingswindhund Gelert entgegen, der mit dem Schwanz wedelte, aber blutüberströmt war . Der Prinz erschrak sehr und fand beim Betreten des Hauses die Wiege seines Kindes umgestürzt und den Boden blutbefleckt vor. Im Glauben, der Hund hätte das Kind getötet, zog er sofort sein Schwert und tötete den Windhund. Doch als er die Wiege umdrehte, fand er das Baby schlafend und den Wolf tot daneben. Llewelyn bereute seinen Zorn zutiefst und errichtete ein Grab über seinem unglückseligen Windhund. Mr. Spencer hat das Ereignis so wunderschön beschrieben:

Der Hund war am ganzen Leib mit Blut beschmiert ,
seine Lippen und Zähne waren voller Blut!
Llewelyn starrte ihn mit wildem Erstaunen an ,
nicht daran gewöhnt, solche Blicke zu ertragen:
Sein Liebling Er bremste seine freudige Gestalt,
kauerte sich hin und leckte seine Füße.
Eilig schritt Llewelyn vorüber –

Er fand das Bett seines Kindes umgeworfen ,
mit blutbefleckten, versteckten Rissen!
Und die Wände und der Boden waren rundherum
mit frischem Blut besprenkelt!
Er rief sein Kind, keine Stimme antwortete ;
er suchte mit wilder Angst;
Blut, Blut fand er überall,
aber sein Kind fand er nirgends .

Daraufhin beschuldigt Llewelyn den Windhund leidenschaftlich und tötet ihn.

Aufgeweckt durch Gelerts letzten Schrei ,
erwachten einige Schläfer nahe daran;
welche Worte könnte die Freude der Eltern sagen,
als sie das Weinen ihres Kindes hörten!

Bei seiner hastigen Suche war er hilflos unter einem Haufen
vergraben geblieben ;
ganz glühend aus seinem rosigen Schlaf, hatte
er den jungen Engel geküsst .

Er hatte keine Kratzer, keinen Schaden und keine Angst ,
doch auf demselben Lager darunter
lag ein hagerer Wolf, völlig zerrissen und tot,
noch immer furchterregend im Tod.

Ach! Was war denn Llewelyns Schmerz?
Denn dann war die Wahrheit klar :
Sein tapferer Hund hatte den Wolf getötet,
um Llewelyns Erben zu retten.

Vergeblich, vergeblich war all Llewelyns Kummer:
„Bester deiner Art, adieu!
Den rasenden Schlag, der ihn niederstreckte ,
wird dieses Herz immer bereuen.“

[2] Siehe Lettres Düne Peruanisch .

www.ingramcontent.com/pod-product-compliance
Lightning Source LLC
LaVergne TN
LVHW041734190726
843493LV00008B/2343